हिन्द पॉकेट बुक्स

हमारी राष्ट्रीय नदी

गंगा

गंगा हमारी राष्ट्रीय नदी है, जो भारत और बांग्लादेश में 2,510 किमी की दूरी तय करती हुई उत्तरांचल में हिमालय से लेकर बंगाल की खाड़ी के सुंदरवन तक विशाल भू-भाग को सींचती है गंगा नदी, देश की प्राकृतिक संपदा ही नहीं, जन-जन की भावनात्मक आस्था का आधार भी है। खेती के लिए वरदान साबित होने के साथ-साथ गंगा धार्मिक दृष्टि से भी मोक्षदायिनी है, इसीलिए इसे भारत सरकार ने राष्ट्रीय नदी घोषित किया है।

यह पुस्तक इसी परम पावन गंगा की कहानी को चलचित्र की भांति कहती है। सरल भाषा में आकर्षक चित्रों से सजी यह पुस्तक खासतौर से बच्चों और किशोरों के लिए तैयार की गई है, ताकि इसे पढ़कर बच्चे गंगा से प्रेरणा लें। इस पुस्तक के अंत में एक प्रश्नोत्तरी भी है, इसे हल कीजिए और अपने ज्ञान की परीक्षा आप स्वयं कीजिए।

लेखक की अन्य पुस्तकें

- हमारे राष्ट्रीय खेल
- हमारा राष्ट्रीय पुष्प कमल
- हमारा राष्ट्रीय पक्षी मोर
- हमारा राष्ट्रीय गीत
- हमारी राष्ट्रीय संस्कृति वैदिक
- हमारा राष्ट्रीय फल आम
- हमारा राष्ट्रीय चिह्न अशोक चक्र
- हमारा राष्ट्रीय वृक्ष बरगद
- हमारी राष्ट्रीय जलचर डॉल्फिन
- हमारा राष्ट्रीय पशु बाघ
- हमारा राष्ट्रीय ग्रंथ गीता
- हमारे राष्ट्रीय पर्व और दिवस
- हमारे राष्ट्रीय स्मारक
- हमारा राष्ट्रीय ध्वज तिरंगा
- हमारे राष्ट्रीय विरासत स्थल
- हमारी राजभाषा हिन्दी
- हमारे नेशनल पार्क
- लोकप्रिय बाल गीत
- हमारे देशभक्ति गीत
- हमारे राष्ट्रीय गीत
- शहीदों के अमर गीत
- महाभारत की कहानियाँ
- पुराणों की कहानियाँ
- रामायण की कहानियाँ
- बेताल पचीसी, दो भागों में
- महापुरुषों का बचपन
- महाराणा प्रताप
- बहादुर बेटी मलाला

सुरुचिपूर्ण एवं प्रेरणादायक सचित्र जानकारियाँ

हमारी राष्ट्रीय नदी

गंगा

तेजपाल सिंह धामा

हिन्द पॉकेट बुक्स
पेंगुइन रैंडम हाउस इम्प्रिंट

हिन्द पॉकेट बुक्स

यूएसए | कनाडा | यूके | आयरलैंड | ऑस्ट्रेलिया | सिंगापुर
न्यू ज़ीलैंड | भारत | दक्षिण अफ़्रीका | चीन

हिन्द पॉकेट बुक्स, पेंगुइन रैंडम हाउस ग्रुप ऑफ़ कम्पनीज़ का हिस्सा है,
जिसका पता global.penguinrandomhouse.com पर मिलेगा

पेंगुइन रैंडम हाउस इंडिया प्रा.लि.,
चौथी मंजिल, कैपिटल टावर 1, एमजी रोड,
गुरुग्राम 122002, हरियाणा, भारत

पेंगुइन
रैंडम हाउस
इंडिया

प्रथम हिन्दी संस्करण हिन्द पॉकेट बुक्स द्वारा 2014 में प्रकाशित
यह हिन्दी संस्करण हिन्द पॉकेट बुक्स में पेंगुइन रैंडम हाउस द्वारा 2022 में प्रकाशित

10 9 8 7 6 5 4 3 2

ISBN 9789353491406

मुद्रक : मणिपाल टेक्नॉलजीस् लिमिटेड, भारत

www.penguin.co.in

FSC
www.fsc.org
MIX
Paper | Supporting responsible forestry
FSC® C043100

This is a legitimate digitally printed version of the book and therefore might not have certain extra finishing on the cover.

क्रम

गंगा के जन्म की कहानी

2,071 कि.मी. तक भारत तथा उसके बाद बांग्लादेश में अपनी लंबी यात्रा करते हुए यह सहायक नदियों के साथ दस लाख वर्ग किलोमीटर क्षेत्रफल के अति विशाल उपजाऊ मैदान की रचना करती है। सामाजिक, साहित्यिक, सांस्कृतिक और आर्थिक दृष्टि से अत्यंत महत्त्वपूर्ण गंगा का यह मैदान अपनी घनी जनसंख्या के कारण भी जाना जाता है।

100 फीट (31 मी.) की अधिकतम गहराई वाली यह नदी भारत में पवित्र मानी जाती है तथा इसकी उपासना माँ और देवी के रूप में की जाती है। भारतीय पुराण और साहित्य में अपने सौंदर्य और महत्व के कारण बार-बार आदर के साथ वंदित गंगा नदी के प्रति विदेशी साहित्य में भी प्रशंसा और भावुकतापूर्ण वर्णन किए गए हैं। बच्चों, अब बात करते हैं इसके जन्म की। तो गंगा की उत्पत्ति कैसे हुई, इस विषय पर बहुत सारी बातें कही जाती हैं, लेकिन जो धार्मिक एवं ऐतिहासिक दृष्टि से सत्य प्रतीत होती हैं, हम उन्हीं का उल्लेखन करेंगे। गंगा की उत्पत्ति के विषय में हिंदुओं में अनेक मान्यताएँ हैं। एक मान्यता के अनुसार ब्रह्मा जी के कमंडल का जल गंगा नामक युवती के रूप में प्रकट हुआ था।

एक अन्य (वैष्णव) कथा के अनुसार ब्रह्माजी ने विष्णुजी के चरणों को आदर सहित धोया और उस जल को अपने कमंडल में एकत्र कर लिया।

एक तीसरी मान्यता के अनुसार गंगा पर्वतों के राजा हिमवान और उनकी पत्नी मीना की पुत्री हैं, इस प्रकार वे देवी पार्वती की बहन भी हैं। प्रत्येक मान्यता में यह अवश्य आता है कि उनका पालन-पोषण स्वर्ग में ब्रह्मा जी के संरक्षण में हुआ।

गंगा के जन्म के बारे में ऋषि विश्वामित्र की कथा भी बहुत प्रसिद्ध है, जो वाल्मीकि रामायण में दी गई है। चलो हम उसे भी आपको सुनाते हैं।

ऋषि विश्वामित्र की इस कथा के अनुसार "पर्वतराज हिमालय की अत्यंत रूपवती, लावण्यमयी एवं सर्वगुण सम्पन्न दो कन्याएँ थीं। सुमेरु पर्वत की पुत्री मैना इन कन्याओं की माता थीं। हिमालय की बड़ी पुत्री का नाम गंगा तथा छोटी पुत्री का नाम उमा था। गंगा अत्यन्त प्रभावशाली और असाधारण दैवीय गुणों से सम्पन्न थी। वह किसी बन्धन को स्वीकार न कर मनमाने मार्गों का अनुसरण करती थी। उसकी इस असाधारण प्रतिभा से प्रभावित होकर देवता लोग विश्व के कल्याण की दृष्टि से उसे हिमालय से माँग कर ले गए। पर्वतराज की दूसरी कन्या उमा बड़ी तपस्विनी थी। उसने कठोर एवं असाधारण तपस्या करके महादेव जी को वर के रूप में प्राप्त किया।"

विश्वामित्र के इतना कहने पर राम ने कहा, "हे भगवन्! जब गंगा को देवता लोग सुरलोक ले गए, तो वह पृथ्वी पर कैसे अवतरित हुईं और गंगा को त्रिपथगा क्यों कहते हैं?"

इस पर ऋषि विश्वामित्र ने बताया, "महादेव जी का विवाह तो उमा के साथ हो गया था, किन्तु सौ वर्ष तक भी उनकी किसी सन्तान की उत्पत्ति नहीं हुई। एक बार महादेव जी के मन में सन्तान उत्पन्न करने का विचार आया। जब उनके इस विचार की सूचना ब्रह्मा जी सहित सभी देवताओं को मिली तो वे विचार करने लगे कि शिव जी की सन्तान के

तेज को कौन सम्भाल सकेगा? उन्होंने अपनी इस शंका को शिव जी के सम्मुख प्रस्तुत किया। उनके कहने पर अग्नि ने यह भार ग्रहण किया और परिणामस्वरूप अग्नि के समान महान तेजस्वी स्वामी कार्तिकेय का जन्म हुआ।

देवताओं के इस षड्यंत्र से उमा को सन्तान होने में बाधा पड़ी, तो उन्होंने क्रुद्ध होकर देवताओं को शाप दे दिया कि भविष्य में वे कभी पिता नहीं बन सकेंगे। इस बीच सुरलोक में विचरण करती हुई गंगा से उमा की भेंट हुई। गंगा ने उमा से कहा कि मुझे सुरलोक में विचरण करते हुए बहुत दिन हो गए हैं। मेरी इच्छा है कि मैं अपनी मातृभूमि पृथ्वी पर विचरण करूँ। उमा ने गंगा को आश्वासन दिया कि वे इसके लिए कोई प्रबन्ध करने का प्रयत्न करेंगी।

"वत्स राम! तुम्हारी ही अयोध्यापुरी में सगर नाम के एक राजा थे। उनका कोई पुत्र नहीं था। सगर की पटरानी केशिनी विदर्भ प्रान्त के राजा की पुत्री थी। केशिनी सुन्दर, धर्मात्मा और सत्यपरायण थी। सगर की दूसरी रानी का नाम सुमति था, जो राजा अरिष्टनेमि की कन्या थी। दोनों रानियों को लेकर महाराज सगर हिमालय के भृगुप्रस्रवण नामक प्रान्त में जाकर पुत्र प्राप्ति के लिए तपस्या करने लगे। उनकी तपस्या से प्रसन्न होकर महर्षि भृगु ने उन्हें वरदान दिया कि तुम्हें बहुत से पुत्रों की प्राप्ति होगी। दोनों रानियों में से एक का केवल एक ही पुत्र होगा जो कि वंश को बढ़ाएगा और दूसरी के साठ हजार पुत्र होंगे। कौन-सी रानी कितने पुत्र चाहती है, इसका निर्णय वे स्वयं आपस में मिलकर कर लें। केशिनी ने वंश को बढ़ाने वाले एक पुत्र की कामना की और गरुड़ की बहन सुमति ने साठ हजार बलवान पुत्रों की।

उचित समय पर रानी केशिनी ने असमंजस नामक पुत्र को जन्म दिया। रानी सुमति के गर्भ से एक तूंबा निकला, जिसे फोड़ने पर छोटे-छोटे साठ

हजार पुत्र निकले। उन सबका पालन-पोषण घी के घड़ों में रखकर किया गया। कालचक्र बीतता गया और सभी राजकुमार युवा हो गए। सगर का ज्येष्ठ पुत्र असमंजस बड़ा दुराचारी था और उसे नगर के बालकों को सरयू नदी में फेंक कर उन्हें डूबते हुए देखने में बड़ा आनन्द आता था। इस दुराचारी पुत्र से दुःखी होकर सगर ने उसे अपने राज्य से निर्वासित कर दिया। असमंजस के अंशुमान नाम का एक पुत्र था। अंशुमान अत्यंत सदाचारी और पराक्रमी था। एक दिन राजा सगर के मन में अश्वमेघ यज्ञ करवाने का विचार आया। शीघ्र ही उन्होंने अपने इस विचार को कार्यरूप में परिणित कर दिया।

राम ने ऋषि विश्वामित्र से कहा, "गुरुदेव! मेरी रुचि अपने पूर्वज सगर की यज्ञ गाथा को विस्तारपूर्वक सुनने में है। अतः कृपा करके इस वृतान्त को पूरा-पूरा सुनाइए।"

राम के इस तरह कहने पर ऋषि विश्वामित्र प्रसन्न होकर कहने लगे, "राजा सगर ने हिमालय एवं विन्ध्याचल के बीच की हरी-भरी भूमि पर एक विशाल यज्ञ मण्डप का निर्माण करवाया। फिर अश्वमेघ यज्ञ के लिए श्यामकर्ण घोड़ा छोड़कर उसकी रक्षा के लिए पराक्रमी अंशुमान को सेना के साथ उसके पीछे-पीछे भेज दिया।

यज्ञ की सम्भावित सफलता के परिणाम की आशंका से भयभीत होकर इन्द्र ने एक राक्षस का रूप धारण करके उस घोड़े को चुरा लिया। घोड़े की चोरी की सूचना पाकर सगर ने अपने साठ हजार पुत्रों को आदेश दिया कि घोड़ा चुराने वाले को पकड़कर या मारकर घोड़ा वापस लाओ। पूरी पृथ्वी में खोजने पर भी जब घोड़ा नहीं मिला तो, इस आशंका से कि किसी ने घोड़े को तहखाने में न छुपा रखा हो, सगर के पुत्रों ने सम्पूर्ण पृथ्वी को खोदना आरम्भ कर दिया। उनके इस कार्य से असंख्य भूमितल निवासी प्राणी मारे गए।

खोदते-खोदते वे पाताल तक जा पहुँचे। उनके इस नृशंस कृत्य की देवताओं ने ब्रह्मा जी से शिकायत की, तो ब्रह्मा जी ने कहा कि ये राजकुमार क्रोध एवं मद में अन्धे होकर ऐसा कर रहे हैं। पृथ्वी की रक्षा का दायित्व कपिल पर है, इसलिए वे इस विषय में कुछ-न-कुछ अवश्य करेंगे। पूरी पृथ्वी को खोदने के बाद भी जब घोड़ा और उसको चुराने वाला चोर नहीं मिला, तो निराश होकर राजकुमारों ने इसकी सूचना अपने पिता को दी। रुष्ट होकर सगर ने आदेश दिया कि घोड़े को पाताल में जाकर ढूंढ़ो। पाताल में घोड़े को खोजते-खोजते वे सनातन वसुदेव कपिल के आश्रम में पहुँच गए।

उन्होंने देखा कपिलदेव आँखें बन्द किए बैठे हैं और उन्हीं के पास यज्ञ का वह घोड़ा बँधा हुआ है। उन्होंने कपिल मुनि को घोड़े का चोर समझकर उनके लिए अनेक दुर्वचन कहे और उन्हें मारने के लिए दौड़े। सगर के पुत्रों के इन कुकृत्यों से कपिल मुनि की समाधि भंग हो गई। उन्होंने क्रुद्ध होकर सगर के उन सब पुत्रों को भस्म कर दिया।

जब महाराज सगर को बहुत दिनों तक अपने पुत्रों की सूचना नहीं मिली, तो उन्होंने अपने तेजस्वी पौत्र अंशुमान को अपने पुत्रों तथा घोड़े का पता लगाने का आदेश दिया। वीर अंशुमान शस्त्रास्त्रों से सुसज्जित होकर उसी मार्ग से पाताल की ओर चल पड़ा, जिसे उसके चाचाओं ने बनाया था।

मार्ग में जो भी पूजनीय ऋषि-मुनि मिले उनका यथोचित सम्मान करके अपने लक्ष्य के विषय में पूछता हुआ उस स्थान तक पहुँच गया, जहाँ पर उसके चाचाओं के भस्मीभूत शरीरों की राख पड़ी थी और पास ही यज्ञ का घोड़ा चर रहा था। अपने चाचाओं के भस्मीभूत शरीरों को देखकर उसे बहुत दुःख हुआ।

उसने उनका तर्पण करने के लिए जलाशय की खोज की, किन्तु उसे

कहीं जलाशय दिखाई नहीं पड़ा। तभी उसकी दृष्टि अपने चाचाओं के मामा गरुड़ पर पड़ी। उन्हें सादर प्रणाम करके अंशुमान ने पूछा कि बाबाजी! मैं इनका तर्पण करना चाहता हूँ। पास में यदि कोई सरोवर हो तो कृपा करके उसका पता बताइए।

यदि आप इनकी मृत्यु के विषय में कुछ जानते हैं, तो वह भी मुझे बताने की कृपा करें। गरुड़ जी ने बताया कि किस प्रकार उसके चाचाओं ने कपिल मुनि के साथ उद्दण्ड़ व्यवहार किया था जिसके कारण कपिल मुनि ने उन सबको भस्म कर दिया। इसके पश्चात् गरुड़ जी ने अंशुमान से कहा कि ये सब अलौकिक शक्ति वाले दिव्य पुरुष के द्वारा भस्म किए गए हैं अतः लौकिक जल से तर्पण करने से इनका उद्धार नहीं होगा, केवल हिमालय की ज्येष्ठ पुत्री गंगा के जल से ही तर्पण करने पर इनका उद्धार सम्भव है।

अब तुम घोड़े को लेकर वापस चले जाओ जिससे तुम्हारे पितामह का यज्ञ पूर्ण हो सके। गरुड़ जी की आज्ञानुसार अंशुमान घोड़ा लेकर वापस अयोध्या पहुँचे और अपने पितामह को सारा वृत्तान्त सुनाया। महाराज सगर ने दुःखी मन से यज्ञ पूरा किया। वे अपने पुत्रों के उद्धार करने के लिए गंगा को पृथ्वी पर लाना चाहते थे पर ऐसा करने के लिए उन्हें कोई भी युक्ति न सूझी।"

थोड़ा रुककर ऋषि विश्वामित्र ने कहा, "महाराज सगर के देहान्त के पश्चात् अंशुमान बड़ी न्यायप्रियता के साथ शासन करने लगे। अंशुमान के परम प्रतापी पुत्र दिलीप हुए। दिलीप के वयस्क हो जाने पर अंशुमान दिलीप को राज्य का भार सौंप कर हिमालय की कन्दराओं में जाकर गंगा को प्रसन्न करने के लिए तपस्या करने लगे, किन्तु उन्हें सफलता नहीं प्राप्त हो पाई और उनका स्वर्गवास हो गया। इधर जब राजा दिलीप का धर्मनिष्ठ पुत्र भगीरथ बड़ा हुआ तो उसे राज्य का भार सौंपकर दिलीप

भी गंगा को पृथ्वी पर लाने के लिए तपस्या करने चले गए। पर उन्हें भी मनवांछित फल नहीं मिला।

भगीरथ बड़े प्रजावत्सल नरेश थे, किन्तु उनकी कोई सन्तान नहीं हुई। इस पर वे अपने राज्य का भार मन्त्रियों को सौंपकर स्वयं गंगावतरण के लिए गोकर्ण नामक तीर्थ पर जाकर कठोर तपस्या करने लगे। उनकी अभूतपूर्व तपस्या से प्रसन्न होकर ब्रह्मा जी ने उन्हें वर माँगने के लिए कहा।

भगीरथ ने ब्रह्मा जी से कहा कि हे प्रभो! यदि आप मुझ पर प्रसन्न हैं, तो मुझे यह वर दीजिए कि सगर के पुत्रों को मेरे प्रयत्नों से गंगा का जल प्राप्त हो जिससे उनका उद्धार हो सके। इसके अतिरिक्त मुझे सन्तान प्राप्ति का भी वर दीजिए ताकि इक्ष्वाकु वंश नष्ट न हो। ब्रह्मा जी ने कहा कि सन्तान का तेरा मनोरथ शीघ्र ही पूर्ण होगा, किन्तु तुम्हारे माँगे गए प्रथम वरदान को देने में कठिनाई यह है कि जब गंगा जी वेग के साथ पृथ्वी पर अवतरित होंगी, तो उनके वेग को पृथ्वी संभाल नहीं सकेगी। गंगा जी के वेग को संभालने की क्षमता महादेव जी के अतिरिक्त किसी में भी नहीं है। इसके लिए तुम्हें महादेव जी को प्रसन्न करना होगा। इतना कहकर ब्रह्मा जी अपने लोक को चले गए।

"भगीरथ ने साहस नहीं छोड़ा। वे एक वर्ष तक पैर के अँगूठे के सहारे खड़े होकर महादेव जी की तपस्या करते रहे। केवल वायु के अतिरिक्त उन्होंने किसी अन्य वस्तु का भक्षण नहीं किया। अन्त में इस महान भक्ति से प्रसन्न होकर महादेव जी ने भगीरथ को दर्शन देकर कहा कि हे भक्तश्रेष्ठ! हम तेरी मनोकामना पूरी करने के लिए गंगा जी को अपने मस्तक पर धारण करेंगे। इसकी सूचना पाकर विवश होकर गंगा जी को सुरलोक का परित्याग करना पड़ा। उस समय वे सुरलोक से कहीं जाना नहीं चाहती थीं, इसलिए वे यह विचार करके कि मैं अपने प्रचण्ड वेग से

शिव जी को बहा कर पाताल लोक ले जाऊँगी, वे भयानक वेग से शिव जी के सिर पर अवतरित हुईं। गंगा के इस वेगपूर्ण अवतरण से उनका अहंकार शिव जी से छुपा न रहा।

महादेव जी ने गंगा की वेगवती धाराओं को अपने जटाजूट में उलझा लिया। गंगा जी अपने समस्त प्रयत्नों के बाद भी महादेव जी की जटाओं से बाहर न निकल सकीं। गंगा जी को इस प्रकार शिव जी की जटाओं में विलीन होते देख भगीरथ ने फिर शंकर जी की तपस्या की। भगीरथ की इस तपस्या से प्रसन्न होकर भगवान शंकर ने गंगा जी को हिमालय पर्वत पर स्थित बिन्दुसर में छोड़ा। छूटते ही गंगा जी सात धाराओं में बँट गईं।

गंगा जी की तीन धाराएँ ह्लादिनी, पावनी और नलिनी पूर्व की ओर प्रवाहित हुईं। सुचक्षु, सीता और सिन्धु नाम की तीन धाराएँ पश्चिम की ओर बहीं और सातवीं धारा महाराज भगीरथ के पीछे-पीछे चली। जिधर-जिधर भगीरथ जाते थे, उधर-उधर ही गंगा जी जाती थीं। स्थान-स्थान पर देव, यक्ष, किन्नर, ऋषि-मुनि आदि उनके स्वागत के लिए एकत्रित हो रहे थे। जो भी उस जल का स्पर्श करता था, भव-बाधाओं से मुक्त हो जाता था।

जाह्नवी

गंगा को जाह्नवी नाम से भी जाना जाता है। ऐसा कहा जाता है कि पृथ्वी पर आने के बाद गंगा जब भगीरथ की तरफ बढ़ रही थीं, तो उसके पानी के वेग ने काफी हलचल पैदा की और जाह्नु नामक ऋषि की साधना तथा उनके खेतों को नष्ट कर दिया। इससे क्रोधित होकर उन्होंने गंगा के समस्त जल को पी लिया। तब देवताओं ने जाह्नु से प्रार्थना की कि वे गंगा को छोड़ दें, ताकि वह अपने कार्य हेतु आगे बढ़ सकें। उनकी प्रार्थना से

प्रसन्न होकर जाह्नू ने गंगा के जल को अपने कान के रास्ते से बह जाने दिया। इस प्रकार गंगा का जाह्नवी नाम (जाह्न की पुत्री) पड़ा।

ऐसी मान्यता है कि सरस्वती नदी के समान ही, कलयुग (वर्तमान का अंधकारमय काल) के अंत तक गंगा पूरी तरह से सूख जाएगी और उसके साथ ही यह युग भी समाप्त हो जाएगा। उसके बाद सतयुग (अर्थात सत्य का काल) का उदय होगा।

आस्था

स्कंद पुराण जैसे हिंदू ग्रंथों के अनुसार, देवी गंगा कार्तिकेय (मुरुगन) की सौतेली माता हैं, कार्तिकेय वास्तव में शिव और पार्वती का एक पुत्र है।

पार्वती ने अपने शारीरिक दोषों से गणेश (शिव-पार्वती के पुत्र) की छवि का निर्माण किया, लेकिन गंगा के पवित्र जल में डूबने के बाद गणेश जीवित हो उठे। इसलिए कहा जाता है कि गणेश की दो माताएँ हैं पार्वती और गंगा और इसीलिए उन्हें द्विमातृ तथा गंगेय (गंगा का पुत्र) भी कहा जाता है।

ब्रह्म वैवर्त पुराण 2.6.13-95 के अनुसार, विष्णु की तीन पत्नियाँ हैं जो हमेशा आपस में झगड़ती रहती थीं, इसलिए अंत में उन्होंने केवल लक्ष्मी को अपने साथ रखा और गंगा को शिवजी के पास तथा सरस्वती को ब्रह्मा जी के पास भेज दिया।

हिन्दुओं के महाकाव्य महाभारत में कहा गया है कि वशिष्ठ द्वारा श्रापित वसुओं ने गंगा से प्रार्थना की थी कि वे उनकी माता बन जाएँ। गंगा पृथ्वी पर अवतरित हुईं और इस शर्त पर राजा शांतनु की पत्नी बनीं कि वे कभी भी उनसे कोई प्रश्न नहीं करेंगे, अन्यथा वह उन्हें छोड़ कर चली जाएँगी। सात वसुओं ने उनके पुत्रों के रूप में जन्म लिया और

गंगा ने एक-एक करके उन सबको अपने पानी में बहा दिया, इस प्रकार उनके श्राप से उनको मुक्ति दिलाई। इस समय तक राजा शांतनु ने कोई आपत्ति नहीं की। अंततः आठवें पुत्र के जन्म पर राजा से नहीं रहा गया और उन्होंने अपनी पत्नी का विरोध किया, इसलिए गंगा उन्हें छोड़कर चली गईं। इस प्रकार आठवें पुत्र के रूप में जन्मा द्यौस मानव रूपी नश्वर

शरीर में ही फंसकर जीवित रह गया और बाद में महाभारत के सर्वाधिक सम्मानित पात्रों में से एक भीष्म (देवव्रत) के नाम से जाना गया।

ऋग्वेद दुनिया का सबसे प्राचीन ग्रंथ है और गंगा का उल्लेख उसमें भी है। गंगा का उल्लेख नदीस्तुति (ऋग्वेद 10.75) में किया गया है, जिसमें पूर्व से पश्चिम की ओर बहने वाली नदियों के बारे में बताया गया है। आरवी (ऋग्वेद) 6.45.31 में भी गंगा का उल्लेख किया गया है, लेकिन यह स्पष्ट नहीं है कि यहां नदी को ही संदर्भित किया गया है।

ऋग्वेद 3.58.6 में लिखा गया है कि आपका प्राचीन घर, आपकी पवित्र मित्रता, हे वीरों, आपकी संपत्ति जाह्नवी (जाह्नवियम) के तट पर है। यह छंद संभवतः गंगा की तरफ इशारा करता है। आरवी 1.116.18-19 में जाह्नवी तथा गंगा की डॉल्फिन का उल्लेख लगातार दो छंदों में किया गया है।

धार्मिक महत्व

गंगा नदी को पवित्र माना जाता है। हिंदुओं द्वारा देवी रूपी इस नदी की पूजा की जाती है, क्योंकि उनका विश्वास है कि इसमें स्नान करने से सारे पाप धुल जाते हैं और जीवन-मरण के चक्र से मुक्ति मिल जाती है। तीर्थयात्री गंगा के पानी में अपने परिजनों की अस्थियों का विसर्जन करने के लिए लंबी दूरी की यात्रा करते हैं, ताकि उनके प्रियजन सीधे स्वर्ग जा सकें।

हरिद्वार, इलाहाबाद और वाराणसी जैसे हिंदुओं के कई पवित्र स्थान गंगा नदी के तट पर ही स्थित हैं। थाईलैंड के लॉय क्राथोंग त्योहार के दौरान सौभाग्य प्राप्ति तथा पापों को धोने के लिए बुद्ध तथा देवी गंगा के सम्मान में नावों में कैंडिल जलाकर उन्हें पानी में छोड़ा जाता है।

यदि हम धर्मग्रंथों की बात करें, तो गीता में भगवान् श्रीकृष्ण ने अपने

को नदियों में गंगा कहा है। मनुस्मृति में गंगा और कुरुक्षेत्र को सबसे अधिक पवित्र स्थान माना गया है। पुराणों में गंगा की तीन धाराओं का उल्लेख है – स्वर्गगंगा (मन्दाकिनी), भूगंगा (भागीरथी) और पातालगंगा (भोगवती)। पुराणों में भगवान् विष्णु के बाएँ चरण के अँगूठे के नख से गंगा का जन्म और भगवान् शंकर की जटाओं में उसका विलयन बताया गया है।

विष्णु पुराण में लिखा है कि गंगा का नाम लेने, सुनने, उसे देखने, उसका जल पीने, स्पर्श करने, उसमें स्नान करने मात्र से, सौ योजन से भी 'गंगा' नाम का उच्चारण करने मात्र से मनुष्य के तीन जन्मों तक के पाप नष्ट हो जाते हैं। भविष्य पुराण में भी यही कहा गया है।

मत्स्य, गरुड़ और पद्म पुराणों के अनुसार हरिद्वार, प्रयाग और गंगा के समुद्रसंगम में स्नान करने से मनुष्य स्वर्ग पहुँच जाता है और फिर

कभी उत्पन्न नहीं होता। उसे निर्वाण की प्राप्ति हो जाती है। मनुष्य गंगा के महत्त्व को मानता हो या न मानता हो, यदि वह गंगा के समीप लाया जाए और वहीं मृत्यु को प्राप्त हो, तो भी वह स्वर्ग को जाता है और नरक नहीं देखता। वाराह पुराण में गंगा के नाम को गाम् गता (जो पृथ्वी को चली गई है) के रूप में विवेचित किया गया है। पद्म पुराण के अनुसार

गंगा सभी प्रकार के पतितों का उद्धार कर देती है। कहा जाता है कि गंगा में स्नान करते समय व्यक्ति को गंगा के सभी नामों का उच्चारण करना चाहिए। उसे जल तथा मिट्टी लेकर गंगा से याचना करनी चाहिए कि आप मेरे पापों को दूर कर तीनों लोकों का उत्तम मार्ग प्रशस्त करें। बुद्धिमान् व्यक्ति हाथ में दर्भ लेकर पितरों की सन्तुष्टि के लिए गंगा से प्रार्थना करें। इसके बाद उसे श्रद्धा के साथ सूर्य भगवान् को कमल के फूल तथा अक्षत इत्यादि समर्पण करना चाहिए। उसे यह भी कहना चाहिए कि वे उसके दोषों को दूर करें।

काशीखण्ड में कहा गया है कि जो लोग गंगा के तट पर खड़े होकर दूसरे तीर्थों की प्रशंसा करते हैं और अपने मन में उच्च विचार नहीं रखते, वे नरक में जाते हैं। काशीखण्ड में यह भी कहा गया है कि शुक्ल प्रतिपदा को गंगा स्नान नित्य स्नान से सौ गुना, संक्रान्ति का स्नान सहस्त्र गुना, चन्द्र-सूर्यग्रहण का स्नान लाख गुना लाभदायक है। चन्द्रग्रहण सोमवार को तथा सूर्यग्रहण रविवार को पड़ने पर उस दिन का गंगा स्नान असंख्य गुना पुण्यकारक है।

भविष्य पुराण में गंगा के निम्नांकित रूप का ध्यान करने का विधान है :

सितमकरनिषण्णां शुक्लवर्णां त्रिनेत्राम्
करधृतकमलोद्यत्सूत्पलाऽभीत्यभीष्टाम् ।
विधिहरिहररूपां सेन्दुकोटीरचूडाम्
कलितसितदुकूलां जाह्नवीं तां नमामि।

गंगा के दर्शन का बहुत बड़ा फल बतलाया गया है –

दृष्टा तु हरते पापं स्पृष्टा तु त्रिादिवं नयेत्।
प्रसगेंनापि या गंगा मोक्षदा त्ववगाहिता।

पवनः पवतामस्मि रामः शस्त्राभृतामहम् ।
झषाणां मकरश्चास्मि स्तोत्रासामस्मि जाह्नवी ।।31।।

मैं पवित्र करने वालों में वायु और शस्त्रधारियों में श्रीराम हूँ तथा मछलियों में मगर हूँ और नदियों में श्री भागीरथी गंगा हूँ ।

सामाजिक महत्व

पर्यावरण की दृष्टि के साथ-साथ गंगा का सामाजिक महत्व भी बहुत बड़ा है। इसमें एक ओर जहाँ अनेक जीव-जन्तु शरण लिए हुए हैं, वहीं अनेक शहर इसके किनारे बसे हुए हैं और खेती के साथ-साथ पेयजल के मामले में गंगा पर निर्भर हैं।

इस नदी में मछलियों तथा सर्पों की अनेक प्रजातियाँ तो पाई ही जाती हैं, मीठे पानी वाले दुर्लभ डॉल्फिन भी पाए जाते हैं। यह कृषि, पर्यटन, साहसिक खेलों तथा उद्योगों के विकास में महत्त्वपूर्ण योगदान देती है तथा अपने तट पर बसे शहरों की जलापूर्ति भी करती है। इसके तट पर विकसित धार्मिक स्थल और तीर्थ भारतीय सामाजिक व्यवस्था के विशेष अंग हैं।

इसके ऊपर बने पुल, बाँध और नदी परियोजनाएँ भारत की बिजली, पानी और कृषि से संबंधित जरूरतों को पूरा करती हैं।

वैज्ञानिक मानते हैं कि इस नदी के जल में बैक्टीरियोफेज नामक विषाणु होते हैं, जो जीवाणुओं व अन्य हानिकारक सूक्ष्मजीवों को जीवित नहीं रहने देते हैं।

गंगा की इस असीमित शुद्धीकरण क्षमता और सामाजिक श्रद्धा के बावजूद इसका प्रदूषण रोका नहीं जा सका है। फिर भी इसके प्रयत्न जारी हैं और सफाई की अनेक परियोजनाओं के क्रम में नवंबर 2008 में भारत सरकार द्वारा इसे भारत की राष्ट्रीय नदी तथा इलाहाबाद और हल्दिया के

बीच (1600 किलोमीटर) गंगा नदी जलमार्ग को राष्ट्रीय जलमार्ग घोषित किया है।

भागीरथी नदी

हमारे एक महान राजा हुए हैं महाराजा भगीरथ। कहते हैं कि वही गंगा नदी को स्वर्ग से धरती पर लाए थे। हिमनद से गंगा को निकालने का श्रेय महाराजा भगीरथ को ही जाता है। उन्हीं महाराजा भगीरथ के नाम पर गंगा नदी की प्रधान शाखा भागीरथी है, जो कुमायूँ में हिमालय के गोमुख नामक स्थान पर गंगोत्री हिमनद से निकलती है।

गंगा के इस उद्गम स्थल की ऊँचाई 3140 मीटर है। यहाँ गंगा जी को समर्पित एक मंदिर भी है। गंगोत्री तीर्थ शहर से 19 कि.मी. उत्तर की ओर 3892 मी.(12,770 फी.) की ऊँचाई पर इस हिमनद का मुख है। यह हिमनद 25 कि.मी. लंबा व 4 कि.मी. चौड़ा और लगभग 40 मी. ऊँचा है। इसी ग्लेशियर से भागीरथी एक छोटे से गुफानुमा मुख पर अवतरित होती है। इसका जल स्रोत 5000 मी. ऊँचाई पर स्थित एक बेसिन है। इस बेसिन का मूल पश्चिमी ढलान की संतोपंथ की चोटियों में है।

गोमुख के रास्ते में 3600 मी. ऊँचे चिरबासा ग्राम से विशाल गोमुख हिमनद के दर्शन होते हैं। इस हिमनद में नंदा देवी, कामत पर्वत एवं त्रिशूल पर्वत का हिम पिघल कर आता है। यद्यपि गंगा के आकार लेने में अनेक छोटी धाराओं का योगदान है, लेकिन 6 बड़ी और उनकी सहायक 5 छोटी धाराओं का भौगोलिक और सांस्कृतिक महत्त्व अधिक है। अलकनंदा की सहायक नदी धौली, विष्णु गंगा तथा मंदाकिनी है। धौली गंगा का अलकनंदा से विष्णु प्रयाग में संगम होता है। यह 1372 मी. की ऊँचाई पर स्थित है।

फिर 2805 मी. ऊँचे नंद प्रयाग में अलकनन्दा का मंदाकिनी नदी से

संगम होता है। इसके बाद कर्ण प्रयाग में अलकनन्दा का कर्ण गंगा या पिंडर नदी से संगम होता है। फिर ऋषिकेश से 139 कि.मी. दूर स्थित रुद्र प्रयाग में अलकनंदा मंदाकिनी से मिलती है।

इसके बाद भागीरथी व अलकनन्दा 1500 फीट पर स्थित देव प्रयाग में संगम करती हैं यहाँ से यह सम्मिलित जल-धारा गंगा नदी के नाम से आगे प्रवाहित होती है। इन पांच प्रयागों को सम्मिलित रूप से पंच प्रयाग कहा जाता है। इस प्रकार 200 कि.मी. का संकरा पहाड़ी रास्ता तय करके गंगा नदी ऋषिकेश होते हुए प्रथम बार मैदानों का स्पर्श हरिद्वार में करती हैं।

त्रिवेणी-संगम

संगम पर स्नान करना सबसे पवित्र माना जाता है और कहते हैं कि यहाँ स्नान करने से सीधे मोक्ष की प्राप्ति होती है। हरिद्वार से लगभग 800 कि.मी. मैदानी यात्रा करते हुए गढ़मुक्तेश्वर, सोरों, फर्रुखाबाद, कन्नौज, बिठूर, कानपुर होते हुए गंगा इलाहाबाद (प्रयाग) पहुँचती है। यहाँ इसका संगम यमुना नदी से होता है। यह संगम स्थल हिन्दुओं का एक महत्त्वपूर्ण तीर्थ है। इसे तीर्थराज प्रयाग कहा जाता है। इसके बाद हिन्दू धर्म की प्रमुख मोक्षदायिनी नगरी काशी (वाराणसी) में गंगा एक वक्र लेती है, जिससे यह यहाँ उत्तरवाहिनी कहलाती है। यहाँ से बक्सर, बागमती, कमला, पटना, भागलपुर होते हुए पाकुर पहुँचती है।

इस बीच इसमें बहुत-सी सहायक नदियाँ, जैसे सोन, गंडक, घाघरा, कोसी आदि मिल जाती हैं। भागलपुर में राजमहल की पहाड़ियों से यह दक्षिणवर्ती होती है। पश्चिम बंगाल के मुर्शिदाबाद जिले के गिरिया स्थान के पास गंगा नदी दो शाखाओं में विभाजित हो जाती है – भागीरथी और पद्मा। भागीरथी नदी गिरिया से दक्षिण की ओर बहने लगती है जबकि

पद्मा नदी दक्षिण-पूर्व की ओर बहती फरक्का बैराज (1974 निर्मित) से छनते हुई बांग्लादेश में प्रवेश करती है। यहाँ से गंगा का डेल्टाई भाग शुरू हो जाता है।

मुर्शिदाबाद शहर से हुगली शहर तक गंगा का नाम भागीरथी नदी तथा हुगली शहर से मुहाने तक गंगा का नाम हुगली नदी है। गंगा का यह मैदान मूलतः एक भू-अभिनति गर्त है, जिसका निर्माण मुख्य रूप से हिमालय पर्वतमाला निर्माण प्रक्रिया के तीसरे चरण में लगभग 6-4 करोड़ वर्ष पहले हुआ था। तब से इसे हिमालय और प्रायद्वीप से निकलने वाली नदियाँ अपने साथ लाए हुए अवसादों से पाट रही हैं।

इन मैदानों में जलोढ़ की औसत गहराई 1000 से 2000 मीटर है। इस मैदान में नदी की प्रौढ़ावस्था में बनने वाली अपरदनी और निक्षेपण स्थलाकृतियाँ, जैसे – बालू-रोधका, विसर्प, गोखुर झीलें और गुंफित नदियाँ पाई जाती हैं।

गंगा की इस घाटी में एक ऐसी सभ्यता का उद्भव और विकास हुआ जिसका प्राचीन इतिहास अत्यन्त गौरवमयी और वैभवशाली है। जहाँ ज्ञान, धर्म, अध्यात्म व सभ्यता-संस्कृति की ऐसी किरण प्रस्फुटित हुई जिससे न केवल भारत, बल्कि समस्त संसार आलोकित हुआ। यहाँ पाषाण या प्रस्तर युग का जन्म और विकास होने के अनेक साक्ष्य मिले हैं। इसी घाटी में रामायण और महाभारत कालीन युग का उद्भव और विलय हुआ। शतपथ ब्राह्मण, पंचविश ब्राह्मण, गौपथ ब्राह्मण, ऐतरेय आरण्यक, कौशितकी आरण्यक, सांख्यायन आरण्यक, वाजसनेयी संहिता और महाभारत इत्यादि में वर्णित घटनाओं से उत्तर वैदिककालीन गंगा घाटी की जानकारी मिलती है।

प्राचीन मगध महाजनपद का उद्भव गंगा घाटी में ही हुआ जहाँ से गणराज्यों की परंपरा विश्व में पहली बार प्रारंभ हुई। यहीं भारत का वह

स्वर्ण युग विकसित हुआ, जब मौर्य और गुप्त वंशीय राजाओं ने यहाँ शासन किया।

सुंदरवन डेल्टा

सुंदरवन-विश्व का सबसे बड़ा डेल्टा है। गंगा कोलकाता, हावड़ा होते हुए सुंदरवन के भारतीय भाग में सागर से संगम करती है। पद्मा में ब्रह्मपुत्र से निकली शाखा नदी जमुना नदी एवं मेघना नदी मिलती हैं। अंततः ये 350 कि.मी. चौड़े सुंदरवन डेल्टा में जाकर बंगाल की खाड़ी में सागर-संगम करती है। यह डेल्टा गंगा एवं उसकी सहायक नदियों द्वारा लाई गई नवीन जलोढ़ से 1,000 वर्षों में निर्मित समतल एवं निम्न मैदान है। यहां गंगा और बंगाल की खाड़ी के संगम पर एक प्रसिद्ध हिन्दू तीर्थ है, जिसे गंगा-सागर-संगम कहते हैं।

विश्व का सबसे बड़ा डेल्टा (सुंदरवन) बहुत-सी प्रसिद्ध वनस्पतियों और प्रसिद्ध बंगाल टाइगर का निवास स्थान है। यह डेल्टा धीरे-धीरे सागर की ओर बढ़ रहा है। यह कुछ समय पहले तक कोलकाता सागर तट पर ही स्थित था और सागर का विस्तार राजमहल तथा सिलहट तक था, परन्तु अब यह तट से 15-20 मील (24-32 किलोमीटर) दूर स्थित लगभग 1,80,000 वर्ग किलोमीटर के क्षेत्र में फैला हुआ है।

जब डेल्टा का सागर की ओर निरन्तर विस्तार होता है, तो उसे प्रगतिशील डेल्टा कहते हैं। सुंदरवन डेल्टा में भूमि का ढाल अत्यन्त कम होने के कारण यहाँ गंगा अत्यन्त धीमी गति से बहती है और अपने साथ लाई गई मिट्टी को मुहाने पर जमा कर देती है जिससे डेल्टा का आकार बढ़ता जाता है और नदी की कई धाराएँ एवं उपधाराएँ बन जाती हैं। इस प्रकार बनी हुई गंगा की प्रमुख शाखा नदियाँ जालंगी नदी, इच्छामती नदी, भैरव नदी, विद्याधरी नदी और कालिन्दी नदी हैं। नदियों के वक्र

गति से बहने के कारण दक्षिणी भाग में कई धनुषाकार झीलें बन गई हैं। ढाल उत्तर से दक्षिण है, अतः अधिकांश नदियाँ उत्तर से दक्षिण की ओर बहती हैं।

ज्वार के समय इन नदियों में ज्वार का पानी भर जाने के कारण इन्हें ज्वारीय नदियाँ भी कहते हैं। डेल्टा के सुदूर दक्षिणी भाग में समुद्र का खारा पानी पहुँचने के कारण यह भाग नीचा, नमकीन एवं दलदली है तथा यहाँ आसानी से पनपने वाले मैंग्रोव जाति के वनों से भरा पड़ा है। यह डेल्टा चावल की कृषि के लिए अधिक विख्यात है। यहाँ विश्व में सबसे अधिक कच्चे जूट का उत्पादन होता है।

कटका अभयारण्य सुंदरवन के उन इलाकों में से है जहाँ का रास्ता छोटी-छोटी नहरों से होकर गुजरता है। यहाँ बड़ी तादाद में सुंदरी पेड़ मिलते हैं जिनके नाम पर ही इन वनों का नाम सुंदरवन पड़ा है। इसके अलावा यहाँ पर देवा, केवड़ा, तर्मजा, आमलोपी और गोरान वृक्षों की ऐसी प्रजातियाँ हैं, जो सुंदरवन में पाई जाती हैं। यहाँ के वनों की एक खास बात यह है कि यहाँ वही पेड़ पनपते या बच सकते हैं, जो मीठे और खारे पानी के मिश्रण में रह सकते हों।

सहायक नदियाँ

गंगा की अनेक सहायक नदियाँ हैं। गंगा में उत्तर की ओर से आकर मिलने वाली प्रमुख सहायक नदियाँ यमुना, रामगंगा, करनाली (घाघरा), ताप्ती, गंडक, कोसी और काक्षी हैं तथा दक्षिण के पठार से आकर इसमें मिलने वाली प्रमुख नदियाँ चंबल, सोन, बेतवा, केन, दक्षिणी टोस आदि हैं। यमुना गंगा की सबसे प्रमुख सहायक नदी है जो हिमालय की बन्दरपूँछ चोटी के आधार पर यमुनोत्री हिमखण्ड से निकली है। हिमालय के ऊपरी भाग में इसमें टोंस तथा बाद में लघु हिमालय में आने पर इसमें गिरि

और आसन नदियाँ मिलती हैं। चम्बल, बेतवा, शारदा और केन यमुना की सहायक नदियाँ हैं।

चम्बल इटावा के पास तथा बेतवा हमीरपुर के पास यमुना में मिलती हैं। यमुना इलाहाबाद के निकट बाईं ओर से गंगा नदी में जा मिलती है। रामगंगा मुख्य हिमालय के दक्षिणी भाग नैनीताल के निकट से निकलकर बिजनौर जिले से बहती हुई कन्नौज के पास गंगा में मिलती है। करनाली नदी मप्सातुंग नामक हिमनद से निकलकर अयोध्या, फैजाबाद होती हुई बलिया जिले के सीमा के पास गंगा में मिल जाती है।

इस नदी को पर्वतीय भाग में कौरियाला तथा मैदानी भाग में घाघरा कहा जाता है। गंडक हिमालय से निकलकर नेपाल में शालीग्राम नाम से बहती हुई मैदानी भाग में नारायणी नदी का नाम पाती है। यह काली गंडक और त्रिशूल नदियों का जल लेकर प्रवाहित होती हुई सोनपुर के पास गंगा में मिलती है। कोसी की मुख्यधारा अरुण है जो गोसाई धाम के उत्तर से निकलती है।

ब्रह्मपुत्र के बेसिन के दक्षिण से सर्पाकार रूप में अरुण नदी बहती है जहाँ यारू नामक नदी इससे मिलती है। इसके बाद एवरेस्ट के कंचनजंघा शिखरों के बीच से बहती हुई यह दक्षिण की ओर 90 किलोमीटर बहती है जहाँ पश्चिम से सूनकोसी तथा पूरब से तामूर कोसी नामक नदियाँ इसमें मिलती हैं।

इसके बाद कोसी नदी के नाम से यह शिवालिक को पार करके मैदान में उतरती है तथा बिहार राज्य से बहती हुई गंगा में मिल जाती है। अमरकंटक पहाड़ी से निकलकर सोन नदी पटना के पास गंगा में मिलती है। मध्य-प्रदेश के मऊ के निकट जनायाब पर्वत से निकलकर चम्बल नदी इटावा से 38 किलोमीटर की दूरी पर यमुना नदी में मिलती है। बेतवा नदी मध्य प्रदेश में भोपाल से निकलकर उत्तर हमीरपुर के

निकट यमुना में मिलती है। भागीरथी नदी के दाएँ किनारे से मिलने वाली अनेक नदियों में बाँसलई, द्वारका, मयूराक्षी, रूपनारायण, कंसावती और रसूलपुर प्रमुख हैं।

जलांगी और माथा भाँगा या चूनीं बाएँ किनारे से मिलती हैं, जो अतीत काल में गंगा या पद्मा की शाखा नदियाँ थीं। किन्तु ये वर्तमान समय में गंगा से पृथक होकर वर्षाकालीन नदियाँ बन गई हैं। ये नदियाँ सब मिलकर प्राकृतिक सुंदरता का अद्भुत नमूना हैं।

जीव-जन्तु

गंगा केवल भारतीयों की दृष्टि में ही माता नहीं, वरन् अनेक जीव-जन्तुओं के लिए भी गंगा माता ही है, क्योंकि इसमें अनेक जीव-जन्तु शरण लिए हुए हैं। गंगा नदी में पाई जाने वाली डॉल्फिन मछली जिसे आम बोलचाल की भाषा में सूंस कहते हैं। ऐतिहासिक साक्ष्यों से यह ज्ञात होता है कि 16वीं तथा 17वीं शताब्दी तक गंगा-यमुना प्रदेश घने वनों से ढका हुआ था।

इन वनों में जंगली हाथी, भैंस, गेंडा, शेर, बाघ तथा गवल का शिकार होता था। गंगा का तटवर्ती क्षेत्र अपने शांत व अनुकूल पर्यावरण के कारण रंग-बिरंगे पक्षियों का संसार अपने आंचल में संजोए हुए है। इसमें मछलियों की 140 प्रजातियाँ, 35 सरीसृप तथा इसके तट पर 42 स्तनधारी प्रजातियाँ पाई जाती हैं।

यहाँ की उत्कृष्ट पारिस्थितिकी संरचना में कई प्रजाति के वन्य जीवों जैसे नीलगाय, सांभर, खरगोश, नेवला, चिंकारा के साथ सरीसृप-वर्ग के जीव-जन्तुओं को भी आश्रय मिला हुआ है। इस इलाके में ऐसे कई जीव-जन्तुओं की प्रजातियाँ हैं जो दुर्लभ होने के कारण संरक्षित घोषित की जा चुकी हैं। गंगा के पर्वतीय किनारों पर लंगूर, लाल बंदर, भूरे भालू,

लोमड़ी, चीते, बर्फीले चीते, हिरण, भौंकने वाले हिरण, सांभर, कस्तूरी मृग, सेरो, बरड़ मृग, साही, तहर आदि काफी संख्या में मिलते हैं। विभिन्न रंगों की तितलियाँ तथा कीट भी यहाँ पाए जाते हैं।

बढ़ती हुई जनसंख्या के दबाव में धीरे-धीरे वनों का लोप होने लगा है। गंगा की घाटी में सर्वत्र कृषि होती है फिर भी गंगा के मैदानी भाग में हिरण, जंगली सूअर, जंगली बिल्लियाँ, भेड़िया, गीदड़, लोमड़ी की अनेक प्रजातियाँ काफी संख्या में पाई जाती हैं। डॉल्फिन की दो प्रजातियाँ गंगा

में पाई जाती हैं। जिन्हें गंगा डॉल्फिन और इरावदी डॉल्फिन के नाम से जाना जाता है। इसके अलावा गंगा में पाई जाने वाली शार्क की वजह से भी गंगा को लेकर विश्व के वैज्ञानिकों की काफी रुचि है। इस नदी और बंगाल की खाड़ी के मिलन स्थल पर बनने वाले मुहाने को सुंदरवन के नाम से जाना जाता है जो विश्व की बहुत-सी प्रसिद्ध वनस्पतियों और प्रसिद्ध बंगाल टाइगर का गृहक्षेत्र है।

आर्थिक महत्त्व

आर्थिक दृष्टि से भी गंगा का बड़ा भारी महत्व है। गंगा अपनी उपत्यकाओं में भारत और बांग्लादेश के कृषि आधारित अर्थ में भारी सहयोग तो करती ही है, साथ ही यह अपनी सहायक नदियों सहित बहुत बड़े क्षेत्र के लिए सिंचाई के बारहमासी स्रोत भी हैं।

इन क्षेत्रों में उगाई जाने वाली प्रधान उपज में मुख्यतः धान, गन्ना, दाल, तिलहन, आलू एवं गेहूँ हैं। जो भारत की कृषि महत्त्वपूर्ण स्रोत हैं। गंगा के तटीय क्षेत्रों में दलदल एवं झीलों के कारण यहाँ लेग्यूम, मिर्च, सरसों, तिल, गन्ना और जूट की अच्छी फसल होती है। नदी में मत्स्य उद्योग भी बहुत जोरों पर चलता है। गंगा नदी प्रणाली भारत की सबसे बड़ी नदी प्रणाली है। इसमें लगभग 375 मत्स्य प्रजातियाँ उपलब्ध हैं।

वैज्ञानिकों द्वारा उत्तर प्रदेश व बिहार में 111 मत्स्य प्रजातियों की उपलब्धता बताई गई है। फरक्का बांध बन जाने से गंगा नदी में हिल्सा मछली के बीजोत्पादन में सहायता मिली है। गंगा का महत्त्व पर्यटन पर आधारित आय के कारण भी है।

इसके तट पर ऐतिहासिक दृष्टि से महत्त्वपूर्ण तथा प्राकृतिक सौंदर्य से भरपूर कई पर्यटन स्थल है जो राष्ट्रीय आय का महत्त्वपूर्ण स्रोत हैं। गंगा नदी पर रैफ्टिंग के शिविरों का आयोजन किया जाता है। जो साहसिक

खेलों और पर्यावरण द्वारा भारत के आर्थिक सहयोग में सहयोग करते हैं। गंगा तट के तीन बड़े शहर हरिद्वार, इलाहाबाद एवं वाराणसी जो तीर्थ स्थलों में विशेष स्थान रखते हैं। इस कारण यहाँ श्रद्धालुओं की बड़ी संख्या निरंतर बनी रहती है और धार्मिक पर्यटन में महत्त्वपूर्ण योगदान करती है।

गर्मी के मौसम में जब पहाड़ों से बर्फ पिघलती है, तब नदी में पानी की मात्रा व बहाव अच्छा होता है, इस समय उत्तराखंड में ऋषिकेश – बद्रीनाथ मार्ग पर कौडियाला से ऋषिकेश के मध्य रैफ्टिंग, क्याकिंग व कैनोइंग के शिविरों का आयोजन किया जाता है, जो साहसिक खेलों के शौकीनों और पर्यटकों को विशेष रूप से आकर्षित करके भारत के आर्थिक सहयोग में महत्त्वपूर्ण भूमिका निभाता है। गंगा किसानों के लिए बड़ी माँ है, क्योंकि गंगा से अनेक नहरें भी निकाली गई हैं, जिनके माध्यम

से किसानों को खेती के लिए पानी मिलता है और यहाँ पर सोने जैसी फसलें लहलहा उठती हैं।

बाँध एवं नदी परियोजनाएँ

गंगा नदी पर निर्मित अनेक बाँध भारतीय जन-जीवन तथा अर्थ व्यवस्था का महत्त्वपूर्ण अंग हैं। इनमें प्रमुख हैं फरक्का बाँध, टिहरी बाँध तथा भीमगोडा बाँध।

फरक्का बांध (बैराज) भारत के पश्चिम बंगाल प्रान्त में स्थित गंगा नदी पर बनाया गया है। इस बाँध का निर्माण कोलकाता बंदरगाह को गाद (सिल्ट) से मुक्त कराने के लिए किया गया था जो कि 1950 से 1960 तक इस बंदरगाह की प्रमुख समस्या थी। कोलकाता हुगली नदी पर स्थित एक प्रमुख बंदरगाह है।

ग्रीष्म ऋतु में हुगली नदी के बहाव को निरंतर बनाए रखने के लिए गंगा नदी के जल के एक बड़े हिस्से को फरक्का बाँध के द्वारा हुगली नदी में मोड़ दिया जाता है। गंगा पर निर्मित दूसरा प्रमुख बाँध टिहरी बाँध टिहरी विकास परियोजना का एक प्राथमिक बाँध है जो उत्तराखंड प्रान्त के टिहरी जिले में स्थित है। यह बाँध गंगा नदी की प्रमुख सहयोगी नदी भागीरथी पर बनाया गया है।

टिहरी बाँध की ऊँचाई 261 मीटर है जो इसे विश्व का पाँचवाँ सबसे ऊँचा बाँध बनाती है। इस बाँध से 2400 मेगावाट विद्युत उत्पादन, 270,000 हेक्टर क्षेत्र की सिंचाई और प्रतिदिन 102.20 करोड़ लीटर पेयजल दिल्ली, उत्तर-प्रदेश एवं उत्तरांचल को उपलब्ध कराना प्रस्तावित है। तीसरा प्रमुख बाँध भीमगोडा बाँध हरिद्वार में स्थित है जिसको सन् 1840 में अंग्रेजों ने गंगा नदी के पानी को विभाजित कर ऊपरी गंगा नहर में मोड़ने के लिए बनवाया था।

यह नहर हरिद्वार के भीमगोडा नामक स्थान से गंगा नदी के दाहिने तट से निकलती है। प्रारम्भ में इस नहर में जलापूर्ति गंगा नदी में एक अस्थायी बाँध बनाकर की जाती थी। वर्षाकाल प्रारम्भ होते ही अस्थायी बांध टूट जाया करता था तथा मॉनसून अवधि में नहर में पानी चलाया जाता था।

इस प्रकार इस नहर से केवल रबी की फसलों की ही सिंचाई हो पाती थी। अस्थायी बाँध निर्माण स्थल के डाउनस्ट्रीम में वर्ष 1978-1984 की अवधि में भीमगोडा बैराज का निर्माण करवाया गया। इसके बन जाने के बाद ऊपरी गंगा नहर प्रणाली से खरीफ की फसल में भी पानी दिया जाने लगा।

प्रदूषण एवं पर्यावरण

गंगा नदी विश्व भर में अपनी शुद्धीकरण क्षमता के कारण जानी जाती है। लंबे समय से प्रचलित इसकी शुद्धीकरण की मान्यता का वैज्ञानिक आधार भी है। वैज्ञानिक मानते हैं कि इस नदी के जल में बैक्टीरियोफेज नामक विषाणु होते हैं, जो जीवाणुओं व अन्य हानिकारक सूक्ष्मजीवों को जीवित नहीं रहने देते हैं।

नदी के जल में प्राणवायु (ऑक्सीजन) की मात्रा को बनाए रखने की असाधारण क्षमता है, किंतु इसका कारण अभी तक अज्ञात है। एक राष्ट्रीय सार्वजनिक रेडियो कार्यक्रम के अनुसार इस कारण हैजा और पेचिश जैसी बीमारियाँ होने का खतरा बहुत ही कम हो जाता है, जिससे महामारियाँ होने की संभावना बड़े स्तर पर टल जाती है। लेकिन गंगा के तट पर घने बसे औद्योगिक नगरों के नालों की गंदगी सीधे गंगा नदी में मिलने से गंगा का प्रदूषण पिछले कई सालों से भारत सरकार और जनता की चिंता का विषय बना हुआ है।

औद्योगिक कचरे के साथ-साथ प्लास्टिक कचरे की बहुतायत ने गंगाजल को भी बेहद प्रदूषित किया है। वैज्ञानिक जांच के अनुसार गंगा का बायोलाजिकल ऑक्सीजन स्तर 3 डिग्री (सामान्य) से बढ़कर 6 डिग्री हो चुका है। गंगा में 2 करोड़ 90 लाख लीटर प्रदूषित कचरा प्रतिदिन गिर रहा है।

विश्व बैंक रिपोर्ट के अनुसार उत्तर-प्रदेश की 12 प्रतिशत बीमारियों की वजह प्रदूषित गंगाजल है। यह घोर चिन्तनीय है कि गंगा-जल न स्नान के योग्य रहा, न पीने के योग्य रहा और न ही सिंचाई के योग्य। गंगा के पराभव का अर्थ होगा, हमारी समूची सभ्यता का अन्त। गंगा में बढ़ते प्रदूषण पर नियंत्रण पाने के लिए घड़ियालों की मदद ली जा रही है। शहर की गंदगी को साफ करने के लिए संयंत्रों को लगाया जा रहा है और उद्योगों के कचरों को इसमें गिरने से रोकने के लिए कानून बने हैं।

इसी क्रम में गंगा को राष्ट्रीय धरोहर भी घोषित कर दिया गया है और गंगा एक्शन प्लान व राष्ट्रीय नदी संरक्षण योजना लागू की गई हैं।

हालाँकि इसकी सफलता पर प्रश्नचिह्न भी लगाए जाते रहे हैं। जनता भी इस विषय में जागृत हुई है। इसके साथ ही धार्मिक भावनाएँ आहत न हों इसके भी प्रयत्न किए जा रहे हैं।

इतना सब-कुछ होने के बावजूद गंगा के अस्तित्व पर संकट के बादल छाए हुए हैं। 2007 की एक संयुक्त राष्ट्र रिपोर्ट के अनुसार हिमालय पर स्थित गंगा की जलापूर्ति करने वाले हिमनद की 2030 तक समाप्त होने की संभावना है। इसके बाद नदी का बहाव मॉनसून पर आश्रित होकर मौसमी ही रह जाएगा।

वैतरणी

गंगा को वैतरणी नदी माना जाता है अर्थात् व्यक्ति के मरने के बाद गंगा नदी में शरीर की भस्म डालने से व्यक्ति की आत्मा मोक्ष को प्राप्त कर लेती है। भारत की अनेक धार्मिक अवधारणाओं में गंगा नदी को देवी के रूप में निरुपित किया गया है। बहुत से पवित्र तीर्थस्थल गंगा नदी के किनारे पर बसे हुए हैं, जिनमें वाराणसी और हरिद्वार सबसे प्रमुख हैं। गंगा नदी को भारत की पवित्र नदियों में सबसे पवित्र माना जाता है एवं यह मान्यता है कि गंगा में स्नान करने से मनुष्य के सारे पापों का नाश हो जाता है।

मरने के बाद लोग गंगा में अपनी राख विसर्जित करना मोक्ष प्राप्ति के लिए आवश्यक समझते हैं, यहाँ तक कि कुछ लोग गंगा के किनारे ही प्राण विसर्जन या अंतिम संस्कार की इच्छा भी रखते हैं। इसके घाटों पर लोग पूजा अर्चना करते हैं और ध्यान लगाते हैं। गंगाजल को पवित्र समझा जाता है तथा समस्त संस्कारों में उसका होना आवश्यक है। पंचामृत में भी गंगाजल को एक अमृत माना गया है। अनेक पर्वों और उत्सवों का गंगा से सीधा संबंध है। उदाहरण के लिए मकर सक्रांति, कुंभ और

गंगा दशहरा के समय गंगा में नहाना या केवल दर्शन ही कर लेना बहुत महत्त्वपूर्ण समझा जाता है।

इसके तटों पर अनेक प्रसिद्ध मेलों का आयोजन किया जाता है और अनेक प्रसिद्ध मंदिर गंगा के तट पर ही बने हुए हैं। महाभारत के अनुसार मात्र प्रयाग में माघ मास में गंगा-यमुना के संगम पर तीन करोड़ दस हजार तीर्थों का संगम होता है। ये तीर्थ स्थल सम्पूर्ण भारत में सांस्कृतिक एकता स्थापित करते हैं। गंगा भारतीयों पर इतने उपकार करती है कि यह मोक्ष देने वाली है और स्वर्ग की अनुभूति यहीं करा देती है।

गंगाजल की पवित्रता का वैज्ञानिक आधार

भारत में लोग गंगाजल को पवित्र मानते हैं और बताते हैं कि इसका पानी सड़ता नहीं है। भारत में बोतल बंद पानी के दिन बहुत बाद में आए हैं। पहले लोग अपने साथ पानी की बोतल लेकर नहीं चलते थे, लेकिन लगभग हर हिंदू परिवार में पानी का एक कलश या कोई दूसरा बर्तन जरुर होता था जिसमें भरा होता था गंगा का पानी। पीढ़ियाँ गुजर गईं ये देखते-देखते कि हमारे घरों में गंगा का पानी रखा हुआ है किसी पूजा के लिए, चरणामृत में मिलाने के लिए, मृत्यु नजदीक होने पर दो बूंद मुँह में डालने के लिए जिससे कि आत्मा सीधे स्वर्ग में जाएँ।

मिथक कथाओं में, वेद, पुराण, रामायण, महाभारत सब धार्मिक ग्रंथों में गंगा की महिमा का वर्णन है। कई इतिहासकार बताते हैं कि सम्राट अकबर स्वयं तो गंगाजल का सेवन करते ही थे, मेहमानों को भी गंगाजल पिलाते थे। इतिहासकार लिखते हैं कि अंग्रेज जब कलकत्ता से वापस इंग्लैंड जाते थे, तो पीने के लिए जहाज में गंगा का पानी ले जाते थे, क्योंकि वह सड़ता नहीं था। इसके विपरीत अंग्रेज जो पानी अपने देश से लाते थे वह रास्ते में ही सड़ जाता था।

करीब सवा सौ साल पहले आगरा में तैनात ब्रिटिश डाक्टर एमई हॉकिन ने वैज्ञानिक परीक्षण से सिद्ध किया था कि हैजे का बैक्टीरिया गंगा के पानी में डालने पर कुछ ही देर में मर गया। दिलचस्प ये है कि इस समय भी वैज्ञानिक पाते हैं कि गंगा में बैक्टीरिया को मारने की क्षमता है।

लखनऊ के नेशनल बोटैनिकल रिसर्च इंस्टीट्यूट (एनबीआरआई) के निदेशक डॉक्टर चंद्रशेखर नौटियाल ने एक अनुसंधान में प्रमाणित किया है कि गंगा के पानी में बीमारी पैदा करने वाले कोलाई बैक्टीरिया को मारने की क्षमता बरकरार है।

डॉक्टर नौटियाल ने यह परीक्षण ऋषिकेश और गंगोत्री के गंगाजल में किया था, जहाँ प्रदूषण ना के बराबर है। उन्होंने परीक्षण के लिए तीन तरह का गंगाजल लिया था। एक ताजा, दूसरा आठ साल पुराना और तीसरा सोलह साल पुराना। उन्होंने तीनों तरह के गंगाजल में ई-कोलाई बैक्टीरिया डाला। डॉ. नौटियाल ने पाया कि ताजे गंगा पानी में बैक्टीरिया तीन दिन जीवित रहा, आठ साल पुराने पानी में एक एक हफ्ते और सोलह साल पुराने पानी में 15 दिन यानी तीनों तरह के गंगाजल में कोलाई बैक्टीरिया जीवित नहीं रह पाया।

डॉ. नौटियाल बताते हैं, "गंगा के पानी में ऐसा कुछ है जो कि बीमारी पैदा करने वाले जीवाणुओं को मार देता है, उसको नियंत्रित करता है।"

हालाँकि उन्होंने पाया कि गर्म करने से पानी की प्रतिरोधक क्षमता कुछ कम हो जाती है। वैज्ञानिक कहते हैं कि गंगा के पानी में बैक्टीरिया को खाने वाले बैक्टीरियोफाज वायरस होते हैं। ये वायरस बैक्टीरिया की तादाद बढ़ते ही सक्रिय होते हैं और बैक्टीरिया को मारने के बाद फिर छिप जाते हैं।

अपने अनुसंधान को और आगे बढ़ाने के लिए डॉक्टर नौटियाल ने गंगा के पानी को बहुत महीन झिल्ली से पास किया। इतनी महीन झिल्ली

से गुजारने से वायरस भी अलग हो जाते हैं, लेकिन उसके बाद भी गंगा के पानी में बैक्टीरिया को मारने की क्षमता थी। डॉक्टर नौटियाल इस प्रयोग से बहुत आशान्वित हैं।

उन्हें उम्मीद है कि आगे चलकर यदि गंगा के पानी से इस चमत्कारिक तत्व को अलग कर लिया जाए तो बीमारी पैदा करने वाले उन जीवाणुओं को नियंत्रित किया जा सकता है, जिन पर अब एंटी बायोटिक दवाओं का असर नहीं होता।

मगर सबसे महत्वपूर्ण सवाल इस बात की पहचान करना है कि गंगा के पानी में रोगाणुओं को मारने की यह अद्भुत क्षमता कहाँ से आती है? डॉक्टर नौटियाल का कहना है कि गंगाजल में यह शक्ति गंगोत्री और हिमालय से आती है। वे बताते हैं, "गंगा जब हिमालय से आती है तो कई तरह की मिट्टी, कई तरह के खनिज, कई तरह की जड़ी-बूटियों से मिलती-मिलाती है। कुल मिलाकर कुछ ऐसा मिश्रण बनता, जिसे हम अभी नहीं समझ पाए हैं।"

वहीं, दूसरी ओर एक लंबे अरसे से गंगा पर शोध करने वाले आईआईटी रुड़की में पर्यावरण विज्ञान के रिटायर्ड प्रोफेसर देवेंद्र स्वरुप भार्गव का कहना है कि गंगा को साफ रखने वाला यह तत्व गंगा की तलहटी में ही सब जगह मौजूद है।

प्रोफेसर भार्गव का तर्क है, "गंगोत्री से आने वाला अधिकांश जल हरिद्वार से नहरों में डाल दिया जाता है। नरोरा के बाद गंगा में मुख्यतः भूगर्भ से रिचार्ज हुआ और दूसरी नदियों का पानी आता है। इसके बावजूद बनारस तक का गंगा का पानी सड़ता नहीं। इसका मतलब है कि नदी की तलहटी में ही गंगा को साफ करने वाला विलक्षण तत्व मौजूद है।"

डॉक्टर भार्गव कहते हैं कि गंगा के पानी में वातावरण से ऑक्सीजन सोखने की अद्भुत क्षमता है। डॉ. भार्गव का कहना है कि दूसरी नदियों

के मुकाबले गंगा में सड़ने वाली गंदगी को हजम करने की क्षमता 15 से 20 गुना ज्यादा है। वे कहते हैं कि दूसरी नदी जो गंदगी 15-20 किलोमीटर में साफ कर पाती है, उतनी गंदगी गंगा नदी एक किलोमीटर के बहाव में साफ कर देती है। मगर एक दूसरे वैज्ञानिक दल ने गंगाजल का अध्ययन कर खतरे की घंटी बजा दी है। इस अध्ययन में यह चौंकाने वाली बात सामने आई है कि कानपुर और इलाहाबाद के संगम में गंगा के पानी में खतरनाक बैक्टीरिया पल रहे हैं।

पवित्र गंगा राष्ट्रीय नदी घोषित

मंगलवार, 4 नवंबर 2008 को केंद्रीय सरकार ने गंगा नदी को राष्ट्रीय नदी घोषित करने का फैसला कर इस नदी का गौरव सुरक्षित रखने का ऐतिहासिक निर्णय लिया और इस प्राचीन नदी को प्रदूषण और अन्य समस्याओं से मुक्त करने के लिए एक उच्च अधिकार प्राप्त गंगा नदी-घाटी प्राधिकरण गठित करने का मार्ग भी प्रशस्त हुआ।

अब इस प्राधिकरण के अध्यक्ष प्रधानमंत्री हैं और जिन राज्यों से होकर गंगा नदी बहती है, उनके मुख्यमंत्री इसके सदस्य हैं। यह फैसला प्रधानमंत्री की अध्यक्षता में हुई एक बैठक में लिया गया था।

प्रदूषण की भेंट चढ़ती गंगा

पिछले कुछ वर्षों में गंगा को स्वच्छ बनाने हेतु अनेक परियोजनाएँ लागू की गई हैं, लेकिन इसका प्रदूषण लगातार बढ़ता जा रहा है।

गंगा के प्रदूषण को देखते हुए सुप्रीम कोर्ट और इलाहाबाद हाई कोर्ट भी अनेक बार दिशा-निर्देश जारी कर चुके हैं, लेकिन इस बाबत अभी तक नतीजा ढाक के तीन पात ही रहा है। गौरतलब है कि गंगा के किनारे अनेक शहर, कस्बे और गांव स्थित हैं। प्रतिदिन इस आबादी का लगभग

1.3 बिलियन लीटर अपशिष्ट गंगा में गिरता है। गंगा के आस-पास स्थित सैकड़ों फैक्ट्रियाँ भी गंगा को प्रदूषित कर रही हैं। एक अनुमान के अनुसार प्रतिदिन लगभग 260 मिलियन लीटर औद्योगिक अपशिष्ट गंगा में जहर घोल रहा है। गंगा में फेंके जाने वाले कुल कचरे में लगभग अस्सी फीसद नगरों का कचरा होता है जबकि पंद्रह फीसद औद्योगिक कचरा।

जहां एक ओर नगरीय कचरा विभिन्न तरीकों से गंगा के प्राकृतिक स्वरूप को नष्ट कर रहा है, वहीं औद्योगिक कचरा विभिन्न रसायनों के माध्यम से गंगा को जहरीला बना रहा है। पिछले कुछ दशकों में जनसंख्या विस्फोट के कारण गंगा किनारे की आबादी तेजी से बढ़ी है। विडम्बना यह है कि किनारे बसी इस आबादी ने भी गंगा को साफ-सुथरा रखने की कोई सुध नहीं ली बल्कि इसे प्रदूषित ही किया।

पिछले दिनों जब वाराणसी में गंगा के नमूनों की जांच की गई तो प्रति 100 मिलीलीटर जल में हानिकारक जीवाणुओं की संख्या 50 हजार पाई गई जो नहाने के पानी के लिए सरकार द्वारा जारी मानकों से 10 हजार फीसद ज्यादा थी। इस प्रदूषण के कारण ही आज हैजा, पीलिया, पेचिश और टाइफायड जैसी जल-जनित बीमारियाँ बढ़ती जा रही हैं। एक अनुमान के अनुसार भारत में लगभग 80 फीसद स्वास्थ्यगत समस्याएँ और एक तिहाई मौतें जल-जनित बीमारियों के कारण ही होती हैं।

गौरतलब है कि ऋषिकेश से इलाहाबाद तक गंगा के आस-पास लगभग 146 औद्योगिक इकाइयाँ स्थित हैं। इनमें चीनी मिल, पेपर फैक्ट्री, फर्टिलाइजर फैक्ट्री, तेलशोधक कारखाने तथा चमड़ा उद्योग प्रमुख हैं। इनसे निकलने वाला कचरा और रसायनयुक्त गंदा पानी गंगा में गिरकर इसके पारिस्थितिक तंत्र को भारी नुकसान पहुंचा रहा है। इन फैक्ट्रियों से निकलने वाले अपशिष्ट में मुख्य रूप से हाइड्रोक्लोरिक एसिड, मरकरी, भारी धातुएँ, तथा कीटनाशक जैसे खतरनाक रसायन होते हैं। ये रसायन

मनुष्यों की कोशिकाओं में जमा होकर बहुत सी बीमारियाँ उत्पन्न करते हैं।

गंगा किनारे होने वाले दाह-संस्कार, श्रद्धालुओं द्वारा विसर्जित फूल और पॉलीथिन भी गंगा को बीमार बनाने में कोई कसर नहीं छोड़ रहे हैं। यह दुर्भाग्यपूर्ण ही है कि गंगा को स्वच्छ करने की योजना के तहत वर्ष 1985 से 2000 के बीच गंगा एक्शन प्लान एक और दो के क्रियान्वयन पर लगभग एक हजार करोड़ रुपये खर्च हो चुके हैं, लेकिन गंगा अभी भी प्रदूषण की मार झेल रही है। गंगा को स्वच्छ रखने के लिए 3 मई 2010 को इलाहाबाद हाई कोर्ट ने यूपी तथा उत्तराखंड सरकार को गंगा में पर्याप्त पानी छोड़ने और गंगा के आस-पास पॉलीथिन को प्रतिबन्धित करने का आदेश दिया था, लेकिन अभी भी इन क्षेत्रों में पॉलीथिन पर रोक नहीं लगाई जा सकी है।

वर्ल्ड वाइल्ड लाइफ फंड के अनुसार गंगा विश्व की उन दस नदियों में से एक है जिन पर एक बड़ा खतरा मंडरा रहा है। गंगा में मछलियों की लगभग 140 प्रजातियाँ पाई जाती हैं। हाल ही में हुए एक अध्ययन में पता चला है कि गंगा को स्वच्छ बनाने में सहायक मछलियों की अनेक प्रजातियाँ प्रदूषण के कारण विलुप्त हो चुकी हैं।

हमें यह समझना होगा कि केवल सरकारी परियोजनाओं के भरोसे ही गंगा को स्वच्छ नहीं बनाया जा सकता बल्कि इसके लिए एक जन-जागरण अभियान की जरूरत है।

गंगा प्रदूषण रोक सकेंगे नए जलीय पौधे

गंगा को भले ही राष्ट्रीय नदी घोषित कर दिया गया हो। गंगा एक्शन प्लान के नाम पर कई हजार करोड़ रुपए बीते 25 वर्षों में पानी की तरह बहा दिए गए हों, लेकिन लखनऊ के राष्ट्रीय वनस्पति अनुसंधान संस्थान

(एनबीआरआई) के वैज्ञानिकों को देने के लिए केंद्र सरकार के खजाने में फूटी कौड़ी नहीं है।

यही वजह है कि वैज्ञानिकों को गंगा सफ़ाई के नाम पर मांगी गई धन राशि में से केवल 5.5 फीसदी धन ही मुहैया कराया गया। वह भी तब जब इस धन राशि से एनबीआरआई के वैज्ञानिकों को न कहीं यात्रा करनी थी और न ही कोई प्रोजेक्ट तैयार करना था। बल्कि इस धन राशि को उन्हें तीन नए जलीय पौधों को गंगा नदी के एक इलाके में उगाना था ताकि यह देखा जा सके कि नदियों में प्रदूषण दूर करने के उनके दावे में कितनी सच्चाई है।

वैसे तो हमारे देश की नदियों में जलकुंभी, हाईड्रा और सिंघाड़ा जैसे जलीय पौधों की भरमार रहती है, लेकिन एनबीआरआई के वैज्ञानिकों द्वारा तीन नए ऐसे जलीय पौधे खोजे गए हैं जो नदी के प्रदूषण को दस फीसदी तक कम कर सकते हैं।

एनबीआरआई के वैज्ञानिक डॉ. यूएन राय ने बताया कि जिन जलीय पौधों को संस्थान के वैज्ञानिकों की टीम द्वारा खोजा गया है उनमें टाइफा (पीपीताज), फैरामाइटिस (नरकुल), सिर्पस (अटेर) और मीफिया (कुमुदनी) शामिल है।

वैज्ञानिक डॉ. राय बताते हैं कि इन पौधों की विशेषता यह है कि इनके तने अंदर से खोखले होते हैं। ये जड़ों और तनों के माध्यम से सूक्ष्म जीव प्रदूषित जल-मल में पाए जाने वाले जटिल प्रदूषकों को शुद्ध करते हैं। ये पौधे प्रदूषण को अपने खोखले तने में सोखते हैं। इन पौधों में ऑक्सीजन इरोबिक और ऑक्सीजन इनरोबिक शामिल है।

क्या सचमुच भागीरथी धरती से वापस चली गई?

देवी भागवत पुराण (स्कंध 9, अध्याय 11) में लिखा है कि कलियुग के

पाँच हजार साल बीतने पर गंगा भी पृथ्वी से चली जाएगी। देवी भागवत पुराण के अनुसार, भगीरथ की तपस्या से प्रसन्न होकर विष्णु ने गंगा को पृथ्वी पर जाने के लिए कहा तो गंगा ने भगवान विष्णु से अपनी आज्ञा वापस लेने की प्रार्थना की। वह विष्णु के चरणों में ही रहना चाहती थी। बहुत अनुनय-विनय करने के बाद विष्णु इस बात के लिए राजी हुए कि सगर पुत्रों का उद्धार करने के बाद कालांतर में वह वापस आ जाए। इसके लिए कलियुग के पांच हचार साल तय किए गए।

विष्णु के इस आश्वासन की व्याख्या करते हुए कथाकार कहते हैं कि वे पांच हजार साल तो बीत गए। कालगणना के अनुसार कलियुग आरंभ हुए 5115 वर्ष हो गए और उपरोक्त आश्वासन के अनुसार गंगा पृथ्वी से वापस भी चली गई। अब कहाँ है वह गंगा, जिसका पानी कई-कई साल तक खराब नहीं होता था और जिसे कई जटिल रोगों के उपचार में काम लिया जाता था। यह पौराणिक प्रतीक सीधे सपाट ढंग से भी सामने दिखाई दे रहा है। जलवायु परिवर्तन पर तैयार की गई एक अंतर्राष्ट्रीय रिपोर्ट में कहा गया है कि दुनिया की दस बड़ी नदियाँ सन् 2040 तक सूख जाएँगी। इन नदियों में मिस्र की नील, चीन की यांगत्सी, मेकाम और ब्रिटेन की टेम्स शामिल हैं।

आखिर क्या है गंगा में जो नील, यांगत्सी और टेम्स आदि नदियों में नहीं है। ये नदियाँ प्रदूषण रहित होते हुए भी गंगा की तरह लोगों के जीवन-मरण का हिस्सा नहीं हैं। एक विशेषता जो पुरानी पीढ़ी के लोग बताते रहे हैं, अब लुप्त हो चुकी है।

विशेषता यह कि गंगा का पानी कभी खराब नहीं होता। यह सिर्फ किवदंती नहीं है। 1960-65 तक भारत के गाँव-कस्बों में यह दावा करने वाले लोग बड़ी संख्या में मिल जाते थे कि गंगा का पानी हमेशा पवित्र रहता है। इस पुण्य नदी से भरकर लाए गए जल को लोग दीवारों में

चिनवाकर या छत पर कहीं ऐसी जगह सुरक्षित रखते थे जहाँ कोई छू न सके और कहते हैं कि वह पानी बरसों बरस ज्यों का त्यों मिलता था।

पुराणों में इस संभावना को गंगा के लिए विष्णु की दी हुई छूट के रूप में बताया गया है। कहा गया है कि कलियुग में पाप, अन्याय, अत्याचार और अधर्म इस कदर बढ़ जाएँगे कि किसी भी दैवीय रचना का अस्तित्व बनाए रखना मुश्किल होगा, लेकिन पौराणिक मान्यताओं का आधुनिक दृष्टि से विवेचन करने वाले विद्वान इस पंक्ति को पर्यावरण और औद्योगिक प्रदूषण से जोड़ते हुए कहते हैं, "प्रकृति के किसी भी नियम या मर्यादा का उल्लंघन अधर्म है, पाप है। तो प्रदूषण फैलाने और पर्यावरण संतुलन बिगाड़ने के तौर पर आधुनिक सभ्यता उस अधर्म को जोर-शोर से कर रही है।"

साहित्य में गंगा का महत्व

भारत की राष्ट्रीय नदी गंगाजल ही नहीं, अपितु भारत और हिंदी साहित्य की मानवीय चेतना को भी प्रवाहित करती है।

हिन्दी साहित्य के आदि महाकाव्य 'पृथ्वीराज रासो' में 'गंगा' नदी की चर्चा अनेक प्रसंगों में की गई है –

इंदो किं अंदोलिया अमी ए चक्कीवं गंगा सिरे।
एतने चरित्रा ते गंग तीरे।

आदिकाल के दूसरे प्रसिद्ध ग्रंथ 'वीसलदेव रास' (नरपति नाल्ह) में गंगा का सम्पूर्ण ग्रंथ में केवल दो बार उल्लेख हुआ है –

कइ रे हिमालइ माहिं गिलउं
कइ तउ झंफघडं गंग-दुवारि।
बहिन दिवाऊँ राइ की।
थारा ब्याह कराबुं गंग नइ पारि।

आदिकाल का सर्वाधिक लोक विश्रुत ग्रंथ जगनिक रचित 'आल्हखण्ड' में गंगा, यमुना और सरस्वती का उल्लेख है। कवि ने प्रयागराज की इस त्रिवेणी को पापनाशक बतलाया है –

प्रागराज सो तीरथ ध्यावौं। जहँ पर गंग मातु लहराय।।
एक ओर से जमुना आई। दोनों मिलीं भुजा फैलाय।।
सरस्वती नीचे से निकली। तिरबेनी सो तीर्थ कहाय।।
सुमिर त्रिबेनी प्रागराज की। मज्जन करे पाप हो छार।।

शृंगारी कवि विद्यापति ने अपने पदों में गंगा, यमुना का उल्लेख किया है। कवि ने शृंगार रस के वर्णन में गंगा की चर्चा अनेक स्थलों पर की है –

मनिमय हार धार बहु सुरसरि तओ नहिं सुखाई।।
काम कम्बु भरि कनक सम्भु परि ढारत सुरसरि धारा।।
भसम भरल जनि संकट रे, सिर सुरसरि जलधार।।

अनेक विद्वान विद्यापति को गंगा जी का भक्त बतलाते हैं। कवि ने गंगा स्तुति भी की है –

विद्यापति गंगा स्तुति

बड़ सुख सार पाओल तुअ तीरे
छोड़इत निकट नयन बह नीरे
कर जोरी बिनमओं विमल तरंगे
पुन दरसन होए पुनमति गंगे
एक अपराध छेमव मोर जानी
परसल माय-पाय तुअ पानी
कि करब जप तप जोग को आने
जनम कृतारध एकति स्नाने

मनई विद्यापति समदओं तोंही
अंत काल जनु बिसरह मोही

विद्यापति कहते हैं – गंगा का तीर सुखों का सार है और इससे दूर जाते ही हृदय रोने लगता है। विद्यापति माँ गंगा से प्रार्थना करते हैं कि जीवन के अंत काल में आप मुझे अवश्य दर्शन दें। कहते हैं, जब विद्यापति गंगा तीर से कुछ दूर मृत्यु को प्राप्त कर रहे थे, तो माँ गंगा स्वयं उनके पास तक चली गईं थीं।

कर जोरि बिनमओं बिमल तरंगे
पुन दरसन हो पुनमति गंगे।।

विद्यापति ने परम पवित्र गंगा का बड़ा ही मनोहारी चित्रण किया है। वे काली, वाणी, कमला और गंगा को एक ही देवी मानते हैं –

कज्जल रूप तुअ काली कहिअए, उज्जल रूप तुअ बानी।
रविमंडल परचण्डा कहिअए, गंगा कहिअए पानी।

प्रसिद्ध मैथिली कवि विद्यापति सागर नागर की गृहबाला शरणागत वत्सला गंगा का वर्णन करते हुए कहते हैं –

ब्रह्म कमण्डलु वास सुवासिनि सागर नागर गृह बाले।
पातक महिस बिदारन कारन घृत करवाल बीचि माले।
जय गंगे जय गंगे शरणागत भय भंगे।।

'कबीर वाणी' और जायसी के 'पद्मावत' में भी गंगा का उल्लेख मिलता है, किन्तु सूरदास और तुलसीदास ने भक्ति भावना से गंगा-माहात्म्य का वर्णन विस्तार से किया है। 'सूरसागर' के नवम स्कन्ध में श्री गंगा आगमन वर्णन है –

सुकदेव कह्यो सुनौ नरनाह। गंगा ज्यौं आई जगमाँह।।
कहौं सो कथा सुनौ चितलाइ। सुनै सो भवतरि हरि पुर जाइ।।

सूरदास के अनुसार राजा अंशुमान और दिलीप के तप करने पर भी गंगा ने वर नहीं दिया, किन्तु भगीरथ के तप से गंगा जी ने दर्शन दिया –

अंसुमान सुनि राज बिहाइ। गंगा हेतु कियो तप जाइ।।
याही विधि दिलीप तप कीन्हों। पै गंगा जू वर नहिं दीन्हों।।
बहुरि भगीरथ तप बहु कियौ। तब गंगा जू दरसन दियौ।।
गंगा प्रवाह मांहि जो न्हाइ। सो पवित्र ह्वै हरिपुर जाइ।।

महाकवि तुलसीदास ने 'रामचरित मानस' कवितावली और विनय पत्रिका आदि में गंगा के माहात्म्य का उल्लेख अनेक प्रसंगों में किया है –

राम भक्ति जहँ सुरसरि धारा। सरसइ ब्रह्म बिचारि प्रचारा।।
सिय सुरसरहिं कहेउ कर जोरी। मातु मनोरथ पुरउबि मोरी।।
कीरति भनिति भूति भल सोई। सुरसरि सम सब कहँ हित होई।।
चँवर जमुन अरु गंग तरंगा। देखि होंहिं दुख दारिद भंगा।।

रामचरित मानस में गंगा को पतित-पावनी, दारिद्रय-नसावनी, मुक्ति-प्रदायिनी और सबका कल्याण करने वाली बतलाया गया है। 'कवितावली' में गंगा को विष्णुपदी, त्रिपथगामिनी और पापनाशिनी आदि कहा गया है –

जिनको पुनीत वारि धारे सिर पे मुरारि।
त्रिपथगामिनी जसु वेद कहैं गाइ कै।।

गोस्वामी तुलसीदास ने कवितावली के उत्तरकाण्ड में 'श्री गंगा माहात्म्य' का वर्णन तीन छन्दों में किया है- इन छन्दों में कवि ने गंगा दर्शन, गंगा स्नान, गंगाजल सेवन, गंगा तट पर बसने वालों के महत्व को वर्णित किया है – कवि का विचार है कि जिस मनुष्य ने गंगा स्नान के लिए मन में निश्चय मात्र कर लिया, उसकी करोड़ों पीढ़ियों का उद्धार हो गया। उनके लिए देवांगनाएँ झगड़ती हैं, देवराज इन्द्र विमान सजाते हैं, ब्रह्मा पूजन की सामग्री जुटाते हैं और उसका विष्णु लोक में जाना निश्चित हो जाता है –

देवनदी कहँ जो जन जान किए मनसा कहुँ कोटि उधारे।
देखि चले झगरैं सुरनारि, सुरेस बनाइ विमान सवाँरे।
पूजा को साजु विरंचि रचौं तुलसी जे महातम जानि तिहारे।
ओक की लोक परी हरि लोक विलोकत गंग! तरंग तिहारे।।

(कवितावली-उत्तरकाण्ड 145)

वास्तव मे सर्वव्यापी परमब्रह्म परमात्मा जो ब्रह्मा, शिव और मुनिजनों

का स्वामी है, जो संसार की उत्पत्ति, स्थिति और प्रलय का कारण है, वही गंगा रूप में जल रूप हो गया है –

ब्रह्म जो व्यापक वेद कहैं, गमनाहिं गिरा गुन-ग्यान-गुनी को।
जो करता, भरता, हरता, सुर साहेबु, साहेबु दीन दुखी को।
सोइ भयो द्रव रूप सही, जो है नाथ विरंचि महेस मुनी को।
मानि प्रतीति सदा तुलसी, जगु काहे न सेवत देव धुनी को।।

(कवितावली-उत्तरकाण्ड 146)

कवि गंगा तट पर बसने का अभिलाषी अवश्य है, किन्तु वह गंगा दर्शन के प्रभाव से बचना चाहता है –

बारि तिहारो निहारि मुरारि भएँ परसें पद पापु लहौंगो।
ईस ह्वै सीस धरौं पै डरौं, प्रभु की समताँ बड़े दोष दहौंगो।
बरु बारहिं बार सरीर धरौं, रघुबीर को ह्वै तव तीर रहौंगो।
भागीरथी! बिनवौं कर जोरि, बहोरि न खोरि लगै सो कहौंगो।।

(कवितावली-उत्तरकाण्ड 147)

तुलसीदास ने 'विनयपत्रिका' के चार पदों में गंगा स्तुति की है। तीन पदों में उन्होंने गंगा के विविध नामों का वर्णन करके नाम-स्मरण का प्रभाव दिखलाया है। चौथे पद में गंगा के गुणगान करते हुए तुलसी कहते हैं –

ईस-सीस बससि, त्रिपथ लससि, नभ-पाताल धरनि।
सुर-नर-मुनि-नाग-सिद्ध-सुजन मंगल करनि।।
देखत दुख-दोष-दुरितत्र-दाह-दारिद-दरनि।
सगर-सुवन-साँसति-समनि, जलनिधि जल भरनि।।
महिमा की अवधि करसि बहु बिधि-हरि-हरनि।
तुलसी करु बानि बिमल, बिमल बारि बरनि।।

भगीरथनंदिनी, विष्णुपदसरोजजा और जाह्नवी के रूप में गंगा नर-नागों, देवताओं और ऋषिओं मुनियों के लिए वंदनीय है। गंगा के उद्भव (विष्णुपद), वास (ब्रह्म कमण्डल), विकास (भगीरथ नंदिनी), प्रवाह जाह्नवी) एवं प्रभाव (कल्पथालिका) का वर्णन दृष्टव्य है –

जय जय भगीरथ नन्दिनि, मुनि–चय–चकोर चन्दिनि,
नर नाग विविध-वन्दिनि जय जन्हु बालिका।
विष्णु पद सरोजजासि, ईस-सीस पर बिभासि,
त्रिपथगासि, पुन्यरासि पाप-दालिका।
बिमल बिपुल बहसि बारि, सीतल त्राय ताप हारि,
भँवर बर त्रिभंगतर तरंग मालिका।
पुरजन पूज्योपहार सोभित ससि धवल धार,
भंजन भव-भार भक्ति कल्प थालिका।
निजतट बासी बिहंग जल-थल चर पसु पतंग,
कीट जटिल तापस सब सरिस पालिका।।

मुस्लिम कवियों में रहीम दास की अपार श्रद्धा हिन्दू देवी-देवताओं में थी। वे माँ गंगा की वंदना करते हुए कहते हैं –

अच्युत चरण तरंगिणी, शिव सिर मालति माल।
हरि न बनायो सुरसरी, कीजौ इंदव भाल।।

रीतिकाल में केशवदास, सेनापति, पद्माकर आदि ने गंगा प्रभाव का वर्णन किया है जिनमें सेनापति और पद्माकर का गंगा वर्णन श्लाघनीय है।

सेनापति 'कवित्त रत्नाकर' में गंगा माहात्म्य का वर्णन करते हुए कहते हैं कि पाप की नाव को नष्ट करने के लिए गंगा की पुण्यधारा तलवार सी सुशोभित है –

पावन अधिक सब तीरथ तैं जाकी धार,
जहाँ मरि पापी होत सुरपुर पति है
देखत ही जाकौ भलो घाट पहचानियत,
एक रूप बानी जाके पानी की रहति है।
बड़ी रज राखै जाकौं महाधीर तरसत,
सेनापति ठौर-ठौर नीकीयै बहति है।
पाप पतवारि के कतल करिबे को गंगा,
पुण्य की असील तरवारि सी लसति है।।

सेनापति कहते हैं कि श्री राम के चरण कमलों को पाने का अंधों की लकड़ी की भाँति एक उपाय है कि श्री राम पद संगिनी तरंगिनी गंगा को पकड़ा जाए, उसका स्पर्श किया जाए, उसकी वंदना की जाए –

एकै है उपाय राम पाइन को पाइबै कौं,
सेनापति वेद कहैं अंध की लकरियै।
राम पद संगिनी तरंगिनी है गंगा तातैं,
याही पकिरे तैं पाइं राम के पकरियै।।

रीतिकालीन कवियों में पद्माकर ने गंगा की महिमा और कीर्ति का वर्णन करने के लिए 'गंगा लहरी' नामक ग्रंथ की रचना की है। इसमें भौतिक वैभव और सुख समृद्धि के प्रति वितृष्णा, पूर्वकृत पापों के लिए पश्चाताप एवं आन्तरिक वेदना तथा भक्ति-भावना का समन्वय मिलता है। इस ग्रंथ में सत्तावन छन्द हैं। ये छन्द गंगा की ही भाँति अति प्रवाहमय और रमणीय हैं –

पापन की भाँति महामन्द मुख मैली भई,
दीपति दुचंद फैली धरम समाज की।
कहैं पद्माकर त्यों रोगन की राह परी,

दाह परी दुखन में गाह अति गाज की।
जा दिन ते भूमि माँहि भागीरथी आनी जग,
जानी गंगा धारा या अपारा सब काज की।
ता दिन ते जानीसी बिकानी बिलानीसी,
बिलानीसी दिखानी राजधानी जमराज की।।

पायो जिन धौरी धारा में धसत पात,
तिनको न होत सुरपुर ते निपात है।
कहैं पद्माकर तिहारो नाम जाके मुख,
ताके मुख अमृत को पुंज सरसात है।
तेरो तोय छ्वै करि छुवति तन जाको बात,
तिनकी चलै न जमलोकन में बात है।
जहाँ जहाँ मैया धूरि तेरी उड़ि जात गंगा,
तहाँ तहाँ पावन की धूरि उड़ि जात है।।

पद्माकर गंगा प्रभाव वर्णन करते हुए कहते हैं कि गंगा विधि के कमण्डल की सिद्धि है, हरिपद प्रताप की नहर है, शिव के सिर की माला है। अंततः वह कलिकाल को कहर जमजाल को जहर हैः

बिधि के कमण्डल की सिद्धि है प्रसिद्ध यही,
हरिपद पंकज प्रताप की नहर है।
कहै पद्माकर गिरीस सीस मण्डल के,
मुण्डन की माल तत्काल अघ हर है।
भूषित भगीरथ के रथ की सुपुन्य पथ,
जन्हु जप जोग फल फैल की लहर है।
छेम की छहर गंगा रावरी लहर,
कलिकाल को कहर जमजाल को जहर है।

इस सन्दर्भ में आधुनिक काल के कवियों में जगन्नाथदास रत्नाकर का

नाम सर्वाधिक उल्लेखनीय है। 1927 में रचित तथा 1933 में प्रकाशित उनके ग्रंथ 'गंगावतरण' में कपिल मुनि के शाप से शापित सगर के साठ हजार पुत्रों के उद्धार के लिए भगीरथ की भगीरथ तपस्या से गंगा के भूमि पर अवतरित होने की कथा है। सम्पूर्ण ग्रंथ तेरह सर्गों में विभक्त और रोला छन्द में निबद्ध है। उनके काव्य का एक अंश इस प्रकार है –

जय संग सकल कलि मल हरनि विमल वरद बानी करो।
निज महि अवतरन चरित्र के भव्य भाव विमल उर में भरो।।

आधुनिक काल के अन्य कवियों में भारतेन्दु हरिश्चन्द्र, सुमित्रानन्दन पन्त, नन्दकिशोर मिश्र, कवि सत्यनारायण, श्रीधर पाठक और अनूप शर्मा आदि ने भी यत्र-तत्र गंगा माहात्म्य का वर्णन किया है।

यहाँ यह ध्यान दिला देना भी अपेक्षित है कि मुस्लिम कवियों में रसखान, रहीम, ताज, मीर, जमुई खाँ आजाद और वाहिद अली वाहिद आदि ने भी गंगा प्रभाव का सुन्दर वर्णन किया है।

आधुनिक हिन्दी साहित्य के जनक भारतेन्दु हरिश्चन्द्र ने सन 1872 में रचित 'बैशाख माहात्म्य' और सन 1883 में रचित 'कृष्णचरित्र' के अन्तर्गत जन्हु-तनया, शिव-जटा-जूट जलाधिकृत वासिनी गंगा का वर्णन किया है। जाह्नवी नाम की सार्थकता सिद्ध करते हुए वे कहते हैं –

माधव सुदि सप्तमि कियो क्रुद्ध जन्हु जलपान।
छोड़्यो दक्षिण कर्ण ते तातें पर्व महान।
ताही सों जाह्नवी भई ता दिन सों श्री गंग।
तिनको उत्सव कीजिए तादिन धारि उमंग।।

विष्णुपदी गंगे सभी लोकों को पवित्र करने वाली, अघ ओघ की बेड़ियों को काटने वाली, पतितों का उद्धार करने वाली तथा दुःखों को विदीर्ण करने वाली है –

जयतु जह्नु-तनया सकल लोक की पावनी
सकल अघ-ओघ हर-नाम उच्चार में,
पतित जन उद्धरनि दुक्ख बिद्रावनी।
कलि काल कठिन गज गर्व्व सर्व्वित करन,
सिंहनी गिरि गुहागत नाद आवनी।

जै जै विष्णु-पदी गंगे।
पतित उघारनि सब जग तारनि नव उज्ज्वल अंगे।
शिव शिर मालति माल सरिस वर तरल तर तरंगे।
'हरीचन्द' जन उधरनि पाप-भोग-भंगे।

गंगा तुमरी साँच बड़ाई।
एक सगर सुत हित जग आई तार्यो नर समुदाई।
एक चातक निज तृषा बुझावत जाँचत धन अकुलाई।
सो सरवर नद नदी बारि निधि पूरत सब झर लाई।
नाम लेत पिअत एक तुम तारत कुल अकुलाई।
'हरीचन्द' याही तें तो सिव राखौं सीस चढ़ाई।।

छायावादी कवियों का प्रकृति वर्णन हिन्दी साहित्य में उल्लेखनीय है। सुमित्रानन्दन पन्त ने 'नौका विहार' में ग्रीष्म कालीन तापस बाला गंगा का जो चित्र उकेरा है, वह अति रमणीय है। उन्होंने 'गंगा' नामक कविता भी लिखी है –

सैकत शैया पर दुग्ध धवल, तन्वंगी गंगा ग्रीष्म विरल लेटी है
श्रान्त क्लान्त निश्चल।
तापस बाला गंगा निर्मल शशि मुख से दीपित मृदु कर तल
लहरें उस पर कोमल कुन्तल।

गोरे अंगों पर सिहर-सिहर लहराता तार तरल सुन्दर चंचल
अंचल-सा नीलाम्बर।
साड़ी की सिकुड़न-सी जिस पर शशि की रेशमी विभा से भर
सिमटी है वर्तुल मृदुल लहर।

महाकवि निराला ने अपने काव्य में गंगा-यमुना का उल्लेख अनेक स्थलों पर किया है और पतित पावनी गंगा पर एक स्वतंत्र कविता लिखकर गंगा के प्रति अपनी श्रद्धा भी समर्पित की है।

वाहिद अली 'वाहिद' ने अपनी कविता के माध्यम से स्पष्ट किया है कि गंगा सन्त-असन्त, मुल्ला-महन्त सभी को गले लगाती है तथा ध्यान-अजान और कुरान-पुरान से भारत को एक बनाती है:

माँ के समान जगे दिन-रात जो प्रात हुई तो जगाती है गंगा।
कर्म प्रधान सदा जग में, सबको श्रम पंथ दिखाती है गंगा।
सन्त-असन्त या मुल्ला-महन्त सभी को गले से लगाती है गंगा।
ध्यान-अजान, कुरान-पुरान से भारत एक बनाती है गंगा।

गंगा नदी के महत्व को आर्य-अनार्य, वैष्णव-शैव, साहित्यकार-वैज्ञानिक सभी स्वीकार करते हैं, क्योंकि गंगा इनमें कोई भेद नहीं करती है। सभी को एक सूत्र में पिरोती है और एक सूत्र में बाँधे रखने का संकल्प प्रदान करती है गंगा।

निरन्तर गतिशीला गंगा श्रम का प्रतीक है। केवल राष्ट्र की एकता और अखण्डता पर्याप्त नहीं है, सम्पन्न होना भी आवश्यक है और यह तभी संभव है जब श्रम के महत्व को समझा जाए। गंगा अनवरत श्रमशीला बनी रहकर सभी को अथक, अविरल श्रम करने का संदेश देती है। श्री रामदास जी कपूर 'गंगा श्रम' में श्रमशीला गंगा से प्रार्थना करते हैं –

ब्रह्मा के निरूपण में सगुण स्वरूपिणी हो,
राष्ट्र को अपौरुषेय दृष्टि विष्णु वाली दे।
विधि के कमण्डल से संभव विधा की सीख,
सृजन कला की प्रतिभा अंशुमाली दे।
शम्भु उत्तमांग का अलभ्य ज्ञान चक्षु खोल,
पाशुपत संयुत सुसैन्य शक्तिशाली दे।
इन्दिरा-इरा की सृष्टि व्यापिनी समृद्धि हेतु,
भागीरथी! श्रम की भगीरथ प्रणाली दे।।

गंगा! दो अमोघ वर श्रम को सराहे नर,
भक्ति की प्रबल शक्ति आप में सचर जाय।
बँध एक सूत्र में स्वराष्ट्र बढ़े पौरुष से,
युद्धकारियों की युद्ध लालसा बिखर जाय।

गंगा आरती

गंगा मैया की आरती
जय गंगा मैया मां जय सुरसरी मैया।
भवबारिधि उद्धारिणी अतिहि सुदृढ़ नैया।।

हरी पद पदम प्रसूता विमल वारिधारा।
ब्रह्मदेव भागीरथी शुचि पुण्यगारा।।

शंकर जता विहारिणी हारिणी त्रय तापा।
सागर पुत्र गन तारिणी हारिणी सकल पापा।।

गंगा-गंगा जो जन उच्चारते मुखसों।
दूर देश में स्थित भी तुरंत तरन सुखसों।।

मृत की अस्थि तनिक तुव जल धारा पावै।
सो जन पावन होकर परम धाम जावे।।

तट-तटवासी तरुवर जल थल चरप्राणी।
पक्षी-पशु पतंग गति पावे निर्वाणी।।

मातु दयामयी कीजै दीनन पद दाया।
प्रभु पद पदम मिलकर हरी लीजै माया।।

गंगा चालीसा

जय जय जय जग पावनी जयति देवसरि गंग।
जय शिव जटा निवासिनी अनुपम तुंग तरंग।

जय जग जननि अघ खानी, आनन्द करनि गंग महरानी।
जय भागीरथि सुरसरि माता, कलिमल मूल दलनि विखयाता।

जय जय जय हनु सुता अघ अननी, भीषम की माता जग जननी॥
धवल कमल दल मम तनु साजे, लखि शत शरद चन्द्र छवि लाजे॥

वाहन मकर विमल शुचि सोहै, अमिय कलश कर लखि मन मोहै॥
जड़ित रत्न कंचन आभूषण, हिय मणि हार, हरणितम दूषण।

जग पावनि त्रय ताप नसावनि, तरल तरंग तंग मन भावनि।
जो गणपति अति पूज्य प्रधाना, तिहुं ते प्रथम गंग अस्नाना।

ब्रह्म कमण्डल वासिनी देवी श्री प्रभु पद पंकज सुख सेवी।
साठि सहत्र सगर सुत तारयो, गंगा सागर तीरथ धारयो।

अगम तरंग उठयो मन भावन, लखि तीरथ हरिद्वार सुहावन।
तीरथ राज प्रयाग अक्षैवट, धरयौ मातु पुनि काशी करवट।

धनि धनि सुरसरि स्वर्ग की सीढ़ी, तारणि अमित पितृ पद पीढ़ी।
भागीरथ तप कियो अपारा, दियो ब्रह्म तब सुरसरि धारा।

जब जग जननी चल्यो लहराई, शंभु जटा महं रहयो समाई।
वर्ष पर्यन्त गंग महरानी, रहीं शंभु के जटा भुलानी।

मुनि भागीरथ शंभुहिं ध्यायो, तब इक बूंद जटा से पायो।
ताते मातु भई त्रय धारा, मृत्यु लोक, नभ अरु पातारा।

गई पाताल प्रभावति नामा, मन्दाकिनी गई गगन ललामा।
मृत्यु लोक जाह्नवी सुहावनि, कलिमल हरणि अगम जग पावनि।

धनि मइया तव महिमा भारी, धर्म धुरि कलि कलुष कुठारी।
मातु प्रभावति धनि मन्दाकिनी, धनि सुरसरित सकल भयनासिनी।

पान करत निर्मल गंगाजल, पावत मन इच्छित अनन्त फल।
पूरब जन्म पुण्य जब जागत, तबहिं ध्यान गंगा महं लागत।

जई पगु सुरसरि हेतु उठावहिं, तइ जगि अश्वमेध फल पावहिं।
महा पतित जिन काहु न तारे, तिन तारे इक नाम तिहारे।

शत योजनहू से जो ध्यावहिं, निश्चय विष्णु लोक पद पावहिं।
नाम भजत अगणित अघ नाशै, विमल ज्ञान बल बुद्धि प्रकाशै।

जिमि धन मूल धर्म अरु दाना, धर्म मूल गंगाजल पाना॥
तव गुण गुणन करत सुख भाजत, गृह गृह सम्पत्ति सुमति विराजत॥

गंगहिं नेम सहित निज ध्यावत, दुर्जनहूं सज्जन पद पावत।
बुद्धिहीन विद्या बल पावै, रोगी रोग मुक्त ह्वै जावै।

गंगा गंगा जो नर कह हीं, भूखे नंगे कबहूं न रह हीं।
निकसत की मुख गंगा माई, श्रवण दाबि यम चलहिं पराई।

महां अधिन अधमन कहं तारें, भए नर्क के बन्द किवारे।
जो नर जपै गंग शत नामा, सकल सिद्ध पूरण ह्वै कामा।

सब सुख भोग परम पद पावहिं, आवागमन रहित ह्वै जावहिं।
धनि मइया सुरसरि सुखदैनी, धनि धनि तीरथ राज त्रिवेणी।

ककरा ग्राम ऋषि दुर्वासा, सुन्दरदास गंगा कर दासा।
जो यह पढ़ै गंगा चालीसा, मिलै भक्ति अविरल वागीसा।

दोहा

नित नव सुख सम्पत्ति लहैं, धरैं, गंग का ध्यान।
अन्त समय सुरपुर बसै, सादर बैठि विमान
सम्वत्त भुज नभ दिशि, राम जन्म दिन चौत्र।
पूण चालीसा कियो, हरि भक्तन हित नैत्र

•••

प्रश्नोत्तरी

1. गंगा की दूरी कितनी है?

(अ) 500 किमी.	(ब) 2510 किमी.
(स) 600 किमी.	(द) 210 किमी.

2. गंगा की अधिकतम गहराई क्या है?

(अ) 100 फीट	(ब) 10 फीट
(स) 4 फीट	(द) 5 फीट

3. गंगा को धरती पर कौन लाया?

(अ) शिवजी	(ब) राम
(स) भगीरथ	(द) पार्वती

4. गंगा का वेग किसने थामा?

(अ) मंगल ने	(ब) शिव ने
(स) कृष्ण ने	(द) विष्णु ने

5. गंगा किनकी माता हैं?

(अ) भीष्म की	(ब) राम की
(स) अर्जुन की	(द) सीता की

6. त्रिवेणी संगम कहाँ होता है?

(अ) इलाहाबाद में (ब) काशी में

(स) दिल्ली में (द) बनारस में

7. मोक्षदायिनी नगरी कौन-सी है?

(अ) प्रयाग (ब) इलाहाबाद

(स) काशी (द) मथुरा

8. गंगा कहाँ समुद्र में विलय होती है?

(अ) कोलकाता में (ब) सुंदरवन में

(स) हरिद्वार में (द) प्रयाग में

9. गंगा में कौन-सा जीव पाया जाता है?

(अ) डॉल्फिन (ब) केकड़ा

(स) सांप (द) बिच्छू

10. गंगा को राष्ट्रीय नदी कब घोषित किया गया?

(अ) 15 अगस्त 1947 (ब) 4 नवम्बर 2008

(स) 26 जनवरी 1980 (द) 2 जुलाई 2010

उत्तर

1. ब 2. अ 3. स 4. ब 5. अ 6. अ 7. स 8. ब 9. अ 10. ब